刺桐集

黄友仁诗词选

黄友仁　著

作家出版社

青青子衿，悠悠我心。

青青子佩，悠悠我思。

谨以此书献给厦门大学，感恩母校。

——题记

序

枝头灿灿红霞满，树杪盈盈绿叶匀

厦门诗人黄友仁先生，恢复高考后，从泉州市考入厦门大学经济系财政金融专业。毕业后在厦门市政府部门和地方金融企业领导岗位上工作，斐然有成。三年前，因中国社会科学院吴子林研究员介绍，以诗词结缘，遂时相往还，逐渐熟悉起来。先生近年来沉湎于诗词写作，其道日进，其艺日新，有二百多首作品见诸报端和主流诗词杂志，得到广泛传播，获得了部分读者的喜爱。一次，先生跟我说，待出版诗词集时，要约我作序。初以为一时之言，不必当真，只说等诗集编好后，也许可以谈谈读后感。谁知去年岁末，先生即发来编好的诗词集，名《刺桐花集》，嘱我践约。在短短的时间里，先生创作出大量诗词作品，并编成选集，不能不令人讶异其澎湃的创作热情和惊人的创造力。

末学如我，何敢序先生之诗？

且十余年来，屡屡婉谢多位诗友作序之请，其间不乏宿学前辈，情深挚友，实因才疏学浅，不敢造次。直到今天，连一篇序言也没有做出来。然友仁先生，诚恳虚心，仁义敦厚，雅意勤勤，再三以作序之事相托。见先生说得认真，不能不仔细想想：大约凡事总有第一次的，若一味坚拒所请，未免心存执念，且有拂先生美意。于是，坐下来仔细阅读诗集。

人多以为诗词和教育、住房、医疗等相比是个小众话题，殊不知三百余首古今诗词作品纳入现行中小学语文课本，央视播出的《中国诗词大会》《经典咏流传》等诗词文化和音乐文化节目，长期处于收视率顶端，无论如何，与诗词相关的都算得上一个大众文化现象。况且，各级各类诗词组织和诗词活动遍地开花，全国公开发行的诗词报刊就有八家，每年公开出版当代人所写的诗词集多达五六百种，此外，还有难以计数的诗词类民刊、诗词微刊成为诗词写作者的发表园地……看来，诗词写作也是一个影响广泛的文化现象。可是，关于诗词的各种议论，形形色色，莫衷一是。阅读《刺桐花集》的同时，一个问题始终萦绕在心：说些什么好呢？

起初，想结合先生的诗集，谈谈有关当代诗词发展的具体问题，但实不知从何说起，又如何结合？深夜独坐电灯之下，时而沉浸在友仁先生用诗句构筑的不同场景里，仿佛穿梭在幽暗而邃远的时空，依稀看到一种种古老的诗歌样式，像一个个灵物，游走于各种人与事与物之间，渐次闪烁出如萤火般微弱的光芒。时而透过拉开的窗帘往外望去，下弦月的光芒淡淡地洒落窗前，描画出不远处林立高楼的轮廓，氤氲出远山模糊的影子，一切是那么邃远而幽暗，一丝丝若有若无的声音，隐隐传来，仿佛要把人从记忆中拉回到似真似幻的现实世界里来。

曾记得，20世纪初新文学运动以来，旧体诗词或被视为“滥调套语”“无病呻吟”而欲“改良”之；或被归入“雕琢的、阿谀的贵族文学”“陈腐的、铺张的古典文学”“迂晦的、艰涩的山林文学”之列而欲“推倒”之。九十余年前，写作旧体诗词曾被斥为“骸骨之迷恋”；八十余年前，就有人断言：“再过五十年，是不见得会有人再作旧体诗的了。”新时期以来，如前所述，旧体诗写作渐呈热闹之势，但四十余年之间，招致的反对声仍然一浪高过一浪，有出版家以“大托铺笑话”来讽刺当代旧体诗坛，有研究者将之扫出文学领域而归属于“民俗文化”的范畴，或客气地把它称为“盆景”，或诋毁当代旧体诗是一个“硕大的笑话”，甚至有人干脆名之曰“腐败的旧体诗”……

想着，想着，从心底里无端升起一个模糊的念头：当下何以还有那么多人，热衷于使用这类被时人赐予无数“恶谥”的古老的诗歌形式，来描摹时代画卷，书写身边人事，抒发心中情愫呢？这是一个很难深入讨论的话题，一时也得不出什么结论，引用一位老先生的话说，旧体诗是一条“打不死的神蛇”。说得倒是气壮，但不免带有某种神秘气息，也不足以杜悠悠者之口。不如暂且放下这个话题，来看看友仁先生的《刺桐花集》吧！

诗人何以把诗集命名为《刺桐花集》呢？《后记》中有这么一段话：“刺桐花鲜艳红火，环境的适应能力强，象征着吉祥富贵、坚贞不屈。刺桐花是故乡泉州市的市花，在母校厦门大学的隆冬季节里也经常看到树枝上开放的刺桐花。这也就是这本诗词集将之命名的缘由吧。”诗人表示，刺桐花不仅是美的，富于生命力的，而且联结着诗人家乡泉州和母校厦门大学。家乡和母校，是诗人念兹在兹并在诗中反复吟咏的，是感情所系的两个最重要所在。诚然，刺桐花是诗人家乡泉州市的市花，这种花在泉州触目可见，不独为先生所有，然先生心中的刺桐花想必为他人心中所无吧。《七律·泉州古城刺桐花》前半部写道：“清景山中烟雨晨，江滨夹道竟开新。枝头灿灿红霞满，树杪盈盈绿叶匀。”这样的美丽场景，一定深深地刻在了诗人的心头。同一首诗中，诗人还把刺桐花比喻成“烧眼”的“火伞”。而在《青玉案·闽南元宵》中是“刺桐春望花迎路”，在《南乡子·小学入学六十周年团聚》中是“相迎，刺桐阁前刺桐生”，在《浪淘沙令·贺母亲八十五周岁生日》是“妇幼妙诀扶生命，花簇刺桐”。但这还不够，及至读到《卜算子·忆夏日泉州晋水横渡》时，不觉精神一振，进一步理解了先生命名诗集的深意之所在。词是这样写的：

我是弄潮儿，家在江之傍。
刺桐花开红艳艳，古老刺桐港。

晋水白茫茫，云淡千帆桨。
听远涛声如鼓起，勇渡江河涨。

词中“刺桐花开红艳艳，古老刺桐港”，既有对往日生活场景的复现，又饱含对家乡泉州港的深切依恋，但更突出的是“我是弄潮儿”“勇渡江河涨”的英气勃勃的少年形象。刺桐花串连起的，不仅是家乡的山水和街市，而且是诗人的一生，“刺桐花”是联结诗人一生中不同生活场景的审美符号，诗集中忆往述今的诗作，便是诗人一生经历与思想感情的审美再现。

《刺桐花集》选录友仁先生近年创作诗词二百余首，涵盖了广阔的社会生活和幽微的私人空间，表现出丰富多彩的内心世界与多维精神内涵。全书大致依题材类型分为八卷：红色传承、情系山河、时代风云、田园诗画、校园风采、家乡家人、感事抒怀、二十四节气诗。各卷之中，包含多种多样的体裁，随物赋形，不拘一格。至于议论、描写、抒情亦各得一时之宜。友仁先生用他的诗篇，为我们呈现出一幅幅江山胜景图和一幅幅历史人文画卷，体现了他对日常生活审美化的艺术追求。通读全书，透过字面触摸诗人的内心，一位用审美的眼光观察生活、体验生活，并用优美的形式呈现生活的抒情主人公形象，跃然纸上。

人是时代的产物，人的一举一动，莫不打上历史与时代的烙印，历代诗人之作，无不与时代血脉相通。先生把他对历史的传承、对时代的关注，倾注在“红色传承”与“时代风云”两卷诗词之中。举凡革命圣地，领袖元勋，各行各业的优秀人物，伟大的创造发明，乃至体育、外交、经济方面的重大举措和重要成果，无不有选择地纳入其中。先生面对这些厚重的题材，都能举重若轻，娓娓道来。在这部分诗作中，有诗词血液的红色传承，如《满江红·延安怀安诗社》《满庭芳·读朱德诗词集》《水调歌头·读叶剑英诗词集》《浪淘沙·读董必武诗选》《七律·读陈毅诗词选集》等。有以诗词为政论者，如《水调歌头·伟大党旗——喜迎党的二十大抒怀》《鹧鸪天·纪念抗美援朝七十周年》等。有用诗笔歌颂各行各业的优秀人物者，如《相见欢·中国航天事业奠基人钱学森》《七律·忆韩先楚上将》等。有为科教文卫事业的标志性事件咏歌者，如《鹊桥仙·神舟飞天建鹊桥》《七绝·会师中国空间站》《七绝·第七届尼山世界文明论坛》《踏莎行·冬奥会火种点燃》等。这一类诗作，把眼光投射到深邃的历史空间和宏大的现实场景，把现代思想化为美妙辞章，把零散的音符汇为雄壮的交响，是诗人笔下最具时代特色的作品，可谓笔吐风云，文织锦绣，散发出浓郁的时代气息。

诗人情思通天贯地、鉴往知来，当然不仅仅止步于时代关切，友仁先生亦然。前人论诗文强调文思得江山之助，而山水人文，永远是诗人取之不尽的源泉。刘勰所谓“人禀七情，应物斯感，感物吟志，莫非自然”。自然之山水，人文之胜迹，田园之风光，四时之变迁，乃至先辈的发明创造，在“情系山河”与“田园诗画”“二十四节气诗”诸卷中，得到了充分而真切的体现。“山水”与“田园”自古以来是人们生活的具体场景，在城市化时代，又是城里人消闲遣兴的所在。面对祖国大好河山，先生足迹所履，触手成春。《水调歌头·黄河》《望海潮·长城》《五律·登泰山》《七律·黄山》《七绝·武当山》《七绝·雪后衡山》，诸诗格局宏阔，胸次高远，既是诗人眼中之山河，更是诗人心底之山河。如《望海潮·长城》曰：

地雄燕赵，关楼山海，老龙头水云间。
锁钥北门，居庸叠翠，八达岭雪花天。
嘉峪古边垣。
看长城延袤，燕然山前。
羌笛悠扬，张骞西使留遗篇。

秦时月汉时关。
有龙城飞将，誓取楼兰。
民族脊梁，长城血肉，喜峰口大刀环。
旗红在飘卷。丝绸之路远，草绿边川。
山岭桃香杏白，好汉长城攀。

全词大体上取先形胜，次历史，复结穴于自我——“山岭桃香杏白，好汉长城攀”——的思路，不囿于顺滑的时空转换，而采用“快闪”的方式，用一个个镜头拼接出与长城相关的阔大与邃远的时空，胜景与胸襟，历史与现实，打成一片。这种写法，即使不是那么精致，也是很有冲击力的。

这类诗中，诗人引领我们一起去欣赏那庐山植物园的杜鹃、鸣沙山月牙泉的雪、敦煌莫高窟的艺术宝藏，一起去观看黄鹤楼前的江桥，岳阳楼前的湖面，滕王阁前的秋水，也可以去寒山寺静听新年的钟声，还可以去多景楼，去都江堰，去赵州桥……

如果说，“情系山河”着眼于名山大川的话，那么，“田园诗画”则主要聚焦于身边景致和日常生活，如《临江仙·厦门凤凰花》《望海潮·鼓浪屿》《七律·武夷山》《满庭芳·武夷茶》，以及厦门的南普陀寺、白鹿洞寺、虎溪岩等等。其中，有些作品近于“情系山河”，有些作品的情调则与“二十四节气诗”相仿佛。“二十四节气”被列入世界非物质文化遗产，无疑是我国自然、科技与农事结合得极为紧密的文化遗存。先生此卷诗词，以农历二十四节气为表现对象，诗作内容却不拘一格，或呈现四季风光，或表现物候农事，或抒发内心情愫，如风行水上，自然成文。《七绝·小满》写道：“苦菜陌前吹百草，润叶枝杪啭黄莺。杏熟梅密枇杷露，一啜麦花坪上行。”写田园景致，跃动着无限的生机，正是内在生命力的外化。又如《鹧鸪天·惊蛰》写道：

二月惊雷震山灵。林中黄鸟涧溪鸣。

岸边垂柳依依绿，陌上桃花灿灿生。

暖阳照，沃田青。犁出土润闹农耕。
春回原野勤播种，稻麦金秋五谷丰。

开篇点题，接着以景物与农事实之，结尾生出无限丰收的希望，全篇景事相生，生机跃动。又如《七绝·小寒》曰:“寒月老家江起风，竹炉黑炭火初红。忆昔祖母桌前坐，慈爱千千泪满瞳。”首句既合节气之物候特点，次句承以“竹炉黑炭火初红”，场景鲜明，蕴藏无限往事与情思，转结二句，忆往抒情，流畅自然，动人心魄。在《七律·清明节》一诗中，则借对轩辕帝的怀思，抒发了“江山如画凯歌奏，再唱金瓯一统音”的雄心与宏愿。

文学作品不同于应用文章与学术论文，它既重视文字的精美，又重视情感的灌注，而不必过分借重理性与逻辑的力量。在诸体文学之中，诗歌无疑是抒情性最强的形式。所谓“感人心者，莫先乎情”，抒情性是贯穿友仁先生全部诗词作品的一根红线，这根红线在“家乡家人”和“校园风采”中体现得更加集中而又鲜明。家乡的山山水水与文化遗存，如泉州九日山、晋江、开元寺、宝觉书院、横街古井，曾经留下诗人无数的足迹。

在家乡度过的传统节日，如春节、元宵、端午、中秋、重阳，无不一一记录在文字中，是那样温馨祥和。如《行香子·闽南春节》写道：

爆竹声飞，梅屋楹联。
鲜衣穿，红蔗丰年。
围炉守岁，迎客汤丸。
看莺儿歌，燕儿舞，蝶儿翩。

故乡春柳，情深依恋。
发糕甜，糖果珍盘。
荷花灯举，南曲婵娟。
愿人长健，地长绿，月长圆。

传统节日只是一个个文化符号，填充这些文化符号的是节日习俗、节日活动与美食。这首《行香子》呈现的闽南春节的美食与场景，令诗人频频回首，所见者真，故所愿者善，记录在文字中，便成为记忆，获得永恒的生命。

家乡联结着亲人。对祖父、祖母、父亲、岳父的怀念，对母亲、岳母健康长寿的祝愿，为孙子、孙女庆生，都见证了诗人个体身份的不断变化。诗中对晚辈的期许，承载了对血脉延续的美好愿望。如《七绝·贺小孙女参加香港国际音乐中秋嘉年华演出》：“皓月一轮辉玉霄，音清悠扬响香岛。提琴曲拉气神凝，新竹翠枝节节好。”赞叹喜悦与期待之情，溢于言表。亲情是支撑诗人对家乡的想象的重要支柱。

家乡还存留有儿时的记忆。如《少年游·母校振兴小学》《卜算子·调寄五十年前的泉州天后宫暨初中校园》则回忆当年的读书时光，款款深情流淌在字里行间。后者写道：

白云挂松枝，斜日铺操场。
课室师尊书声琅，青岁仍清亮。

心有一缕香，每忆常惆怅。
还梦举子踏槐花，紫燕啄泥往。

那时的讲室、师尊、操场、书声，定格在诗人的记忆之中。从小学、中学到大学，校园是一个人成长的摇篮，校园生活诚然令人难以忘怀。

大学是一个人世界观、价值观基本定型的时期，也是一个人明确专业方向和职业取向的地方。厦门大学的求学生涯真正赋予友仁先生“我是弄潮儿”的本领、勇气与信心。在《刺桐花集》中，“校园风采”一卷，系诗人唱给母校厦门大学的赞歌。母校的教师，母校的校友，母校的环境，乃至一草一木，都那样令诗人心怀温情，恋恋不已。《满江红·陈嘉庚》致敬厦门大学的创始人，《水龙吟·纪念王亚南——写在厦门大学经济学科新百年暨经济学院成立四十周年之际》《七绝·贺厦大本栋火箭发射成功》，分别致敬两位前校长王亚南、萨本栋先生。而邓子期、张亦春等财政金融领域的杰出教授，都深深地烙在了诗人的心中。

厦门大学校园以建筑与风景美丽著称，《苏幕遮·厦大思源谷之秋》从一个侧面呈现了厦大秀丽的自然风光。词曰：

蔚蓝天，茵草地。
小楫轻舟，池上青莲翠。
山映夕阳亭外水。
绿叶多情，夏不生离意。

画笔挥，垂钓渭。
清涧兰花，美人蕉低睡。
红豆杉香高树起。
彩蝶飞飞，还顾秋光美。

回到百草丰茂、百花争艳的母校，荡舟、垂钓、作画，莫不惬意。凤凰花、山茶花、风铃木……闽南常见的花木，一入母校，自有别样风姿，诗人把它们一一写入诗中。母校令人流连忘返，诗人一次次回母校，参加恢复高考三十周年纪念活动，参加2021年校园草地音乐节等。《沁园春·厦大百年校庆》则把这种出自母校的自豪与对母校未来发展的期待推向高峰。词曰：

闽地有名，东南有誉，海外有声。
祝百年校庆，凤凰花笑，
芙蓉湖绿，五老峰明。
揽九天祥云陈贺锦，倾五洋泼墨丹青。
学生愿，忆办学大义，校主嘉庚。

弦歌不辍音清。
书阁矗立传递亲情。
大师毕至，培植新秀，
长汀岁月，红色传承。
射卫星飞天称壮举，驾海轮科考远征。
弟子望，负改革重任，桃李春风。

母校的风光，母校的大师，母校在科技与栽桃培李方面的成就，凝聚成母校“闽地有名，东南有誉，海外有声”的荣耀。

《刺桐花集》把平淡的生活诗意化、审美化，所反映的内容十分丰富，短短的文字介绍难以曲尽其妙，也难以领略它的丰盈与美好，有缘捧起这本诗集的读者，何不径入深山登临览胜畅游一番呢？

友仁先生出自书香门第，吟诗作词自有家学渊源。从《临江仙·怀念祖父》《金缕曲·怀念父亲》的自注中可知，诗人的祖父黄则滋先生在菲律宾长期从事华文教育，曾任菲律宾那牙市华英中学校长，诗文、历史、书法、编剧俱佳。父亲黄炳辉先生毕业于厦门大学中文系并留校任教授，享受国务院特殊津贴，著作(含合著)有《唐诗学史述论》《国学研究论稿》《唐诗人才漫话》《老子章句解读》《文史经典解读》《旅菲文史随笔》《椰风窗前共琢磨》《浮生剪影》等多种。祖父与父亲曾先后担任菲律宾爱国侨领陈永裁先生的学校校长、私人教师，传播中华文化于海外。友仁先生对诗词的热爱，不仅来自于家学，而且来自于对历代文化大家和著名诗人的崇仰与学习。“感事抒怀”一卷，收录了多首此类作品。如《水龙吟·孔子》《水调歌头·朱熹》，对儒家文化创始人孔子和著名理学家朱熹，致以崇高的敬意。其

《临江仙·屈原》《五律·咏陶渊明》《鹤冲天·柳永》《水调歌头·苏轼》《永遇乐·辛弃疾》《临江仙·陆游》和《长安诗人组诗——观电影〈长安三万里〉》九首七绝，都表现了对前代著名诗人词家的无限倾慕之情，丝毫没有今人时常谈论的“超唐迈宋”的浮躁心态。

“活在当下，写在当下，圆满在当下，就很好。”是啊，圆满在当下，把“生活的苟且”，化为“诗和远方”，令身边的花草树木，焕发出异样的光彩；令身外的时事节候，融入生命的力量；令日常生活中的人事，都充满无尽的想象。那么，身边司空见惯的家常，远处事不关己的苦难，以及国家治理的方略，世界经济的交流，地域政治的纠葛，乃至局部战争的爆发，都会纷纷络绎奔会，流于笔端。在诗的世界里指点江山，挥洒自如，那种远近的人事都与我有关的念头，会极大地拓展生命的空间。

如此，或许能如西哲所言：“人，诗意地栖居在大地之上。”写诗之根源与目的，不正在此吗？

是为序。

莫真宝

2024年3月6日

（作者系中华诗词研究院诗词研究部副主任，中华诗词学会常务理事，文学博士）

目录

卷一　红色传承

卷二 情系山河

卷三　时代风云

卷四　田园诗画

卷五　校园风采

卷六 家乡家人

卷七　感事抒怀

鹤冲天·柳永　/ 209
水调歌头·苏东坡　/ 211
永遇乐·辛弃疾　/ 213
水调歌头·朱熹　/ 215
桃源忆故人·朱张古渡口　/ 217
七绝·函谷关　/ 218
临江仙·陆游　/ 219
七律·郑成功　/ 221
七律·林则徐　/ 222
浣溪沙·纪念弘一法师圆寂八十周年　/ 223
采桑子·重阳　/ 224
七绝·题故宫千里江山艺术折扇　/ 225
清平乐·贺香港回归祖国二十五周年　/ 226
清平乐·香港故宫文化博物馆建成展览　/ 227
南歌子·贺香港诗词楹联学会成立　/ 228
七绝·香港和内地首日通关　/ 229
行香子·香港海洋公园暑中行　/ 230
七绝·贺厦门市诗词学会成立三十周年　/ 231
七律·贺厦门市诗词学会第七次会员大会召开暨
第七届理事会、监事会产生　/ 232
点绛唇·竹笛女神唐俊乔演奏《山坡坡》　/ 233
清平乐·李蓬蓬九霄环佩古琴演奏《高山流水》　/ 234

画堂春·读书　/ 235

七绝·金融春雨润春耕　/ 236

七绝·忆 1988 年全国审计系统青年学术研讨会　/ 237

如梦令·榕江乡村足球赛　/ 238

探春令·香港甲辰春节　/ 239

探春令·江城梅花　/ 240

忆秦娥·大唐金龙
——观陕西历史博物馆唐代赤金走龙　/ 241

卷八　二十四节气诗

七绝·立春——花溪行　/ 245

望江南·雨水　/ 246

鹧鸪天·惊蛰　/ 247

五绝·春分——校园小径　/ 248

七律·清明——遥祭轩辕黄帝　/ 249

七律·谷雨　/ 250

点绛唇·立夏　/ 251

七绝·小满　/ 252

五绝·芒种　/ 253

五律·夏至　/ 254

五律·小暑　/ 255

五律·大暑 / 256

五绝·立秋 / 257

七绝·处暑 / 258

七绝·白露 / 259

西江月·秋分——中国农民丰收节 / 260

五律·寒露 / 261

七绝·霜降 / 262

五绝·立冬 / 263

五绝·小雪 / 264

五绝·大雪 / 265

五绝·冬至 / 266

七绝·小寒 / 267

七律·大寒 / 268

后记 / 269

卷一

红色传承

诉衷情令·来到《共产党宣言》诞生地

布鲁塞尔访足观。
马克思青年。
呕心沥血著作，
共产党宣言。

高岸仰，
大江宽。
慧灯前。
战旗招展，
工人联合，
枫树红颜。

注释：

马克思在比利时首都布鲁塞尔生活工作三年，《共产党宣言》在这里诞生。

满江红·延安怀安诗社

宝塔山城，
山丹润，
花红艳丽。
众群贤，
气雄轩冕，
怀安诗纪。
会稽兰亭遗圣迹，
延水雅集存高义。
抗倭寇，
众志筑长城，
号角起。

杨家岭，
方向指。
南泥湾，
开荒益。

赤县烽火燃，
开国盛世。
《讲话》精神升旭日，
怀安风骨留天地。
文学史，
荡荡浩然诗，
传承笔。

注释：

1. 怀安诗社 1941 年 9 月在延安成立，由林伯渠发起，参加者有董必武等延安五老和朱德、陈毅、叶剑英等五十多人，会长李木庵。“寰宇风云会，高台长短吟”，到 1948 年解散的八年时间中留下了两千五百多首思想性、艺术性俱佳的诗篇，是中国第一个革命的古典诗词诗社。延水雅集，怀安风骨，值得记忆，值得传承。
2. 怀安诗纪：“怀安”取自《论语·公冶长篇》第二十六章“老者安之，朋友信之，少者怀之”。
3. 会稽兰亭遗圣迹：指王羲之《兰亭雅集》。
4. 《讲话》精神升旭日：指毛泽东《在延安文艺座谈会上的讲话》。

满庭芳·读《朱德诗词集》

归去来兮，
兰生何处？
故园仪陇家乡。
得地坚贞，
吐秀树林芳。
叹赤县红泪泣，
换旗帜，
辛亥材将。
南昌枪，
朱毛军队，
相会在井冈。

啸鸣戎旅动，
迅出太行，
洪漭涤殃。
理国政，

阳和布气兴邦。

尊上东风谈笑，

兰君爱，

诗为兰章。

芝兰馥，

人民光荣，

香气遍国长。

注释：

1. 朱德（1886年12月1日—1976年7月6日），四川省仪陇县人，中国人民解放军的主要缔造者之一，革命领袖，也是名满文坛的诗人。《朱德诗词集》收录五百五十首诗词，记录了他的戎马生涯和伟大一生。朱德爱兰养兰，创作三十八首兰花诗，以兰喻志，用兰抒情，反映了他兰花般的品德和情操。
2. 归去来兮：出自晋陶渊明《归去来兮辞》。
3. 得地坚贞，吐秀树林芳：唐韩伯庸《幽兰赋》“吐秀乔林之下，盘根众草之旁。虽无人而见赏，且得地而含芳”。
4. 人民光荣：1946年11月，在朱德同志六十岁诞辰时，毛泽东为他题词“人民的光荣”。

水调歌头·读《叶剑英诗词集》

梅州峰叠翠，
梅水古清悠。
谈兵军帐，
追随孙文为国谋。
发动羊城起义，
万里长征北上，
抗日固金瓯。
红星染鲜血，
凯奏响神州。

云水襟，
狂飙落，
四化酬。
剑持耿耿，
大事不糊涂身优。
七律誉扬天下，

旧瓶子装新酒，
咏志尽情讴。
名共青山在，
诗与大江流。

注释：

1. 叶剑英（1897 年 4 月 28 日—1986 年 10 月 22 日），广东省梅县雁洋堡人，中华人民共和国十大元帅之一。
2. 狂飙落，四化酬：1976 年 10 月，中国共产党一举粉碎“四人帮”，带领人民走上实现四个现代化的伟大征程。
3. 大事不糊涂身优：1962 年 9 月，毛泽东送叶剑英两句话“诸葛一生唯谨慎，吕端大事不糊涂”。
4. 七律誉扬天下，旧瓶子装新酒：毛泽东说“剑英善七律”。诗言志，把旧体诗词这种古典文学形式转化为书写革命情怀的现代文学形式，实现旧瓶装新酒的革新转变。

浪淘沙·读《董必武诗选》

黄浦江云翻，
秀水红船。
淘沙大浪烁金看，
劲草疾风诚毅现，
董老心丹。

五律善钻研，
诗赋传贤。
斑节青竹乃弥坚，
馨逸墨梅正雪艳，
永立山岩。

注释：

1. 董必武（1886 年 3 月 5 日—1975 年 4 月 2 日），湖北省黄安县（今红安）人，辛亥革命的参加者，中国共产党的创始人之一。《董必武诗选》（新编本）选收诗五百九十九首。毛泽东说

“董老善五律”，这是对董老诗的热情赞誉和中肯评价。董老诗篇是革命斗争生活的表现，视野开阔，见微知著，响彻着伟大时代的回音。

2. 黄浦江云翻，秀水红船：1921 年 7 月董必武来到上海，出席中国共产党第一次代表大会。

3. 劲草疾风诚毅现，董老心丹：叶剑英评述董老诗中描述：“笃信力行依真理，不移不屈不苟同。”

4. 斑节青竹乃弥坚：取自董老诗：“竹叶青青不肯黄，枝条楚楚耐严霜。”

七律·读《陈毅诗词选集》

匣中长剑记仇恩，
耿耿儿郎立策论。
梅岭雄章丹寸志，
孟崮大笔树军魂。
兰香四海图臣节，
旗飘五洲顶国门。
歌颂怒号三百首，
元勋诗句写乾坤。

注释：

1. 陈毅（1901 年 8 月 26 日—1972 年 1 月 6 日），四川省乐至县人，中华人民共和国十大元帅之一。主要著作分别收录《陈毅军事文选》《陈毅诗词选集》。
2. 孟崮大笔树军魂：指孟良崮战役。

临江仙·西花厅海棠花

海棠嫣红西花厅，
盈盈笑意庭亲。
天然净骨韵格新。
靓妆扮彩艳，
秋落也无痕。

春来摘英飞鸿雁，
依依情恋缤纷。
高山流水久知音。
满园芳润日，
还忆看花人。

注释：

1. 每当阅读邓颖超同志的回忆文章《西花厅的海棠花又开了》，就想起西花厅，想起海棠花，想起敬爱的周恩来总理和邓颖超同志这一对相濡以沫的革命伴侣。

2. 西花厅海棠花：北京中南海西花厅是周恩来总理和邓颖超同志生前的工作处所和居室，院内种有海棠树。

3. 春来摘英飞鸿雁：1954 年周总理参加日内瓦会议，邓颖超同志特意剪了一枝海棠花，压在书本里头邮寄给他。

水调歌头·伟大党旗

——喜迎党的二十大抒怀

石库门云卷，
红船南湖边。
青年豪气，
开天辟地绘图看。
书写指南党纲，
高举锤镰大旗，
建党向荣观。
浩荡英雄气，
百代尚巍然。

弹指间，
大河动，
北斗妍。
苦难辉煌，
壮美诗卷在人间。

复兴之路开辟，
真理力量彰显。
东国巨龙盘。
当砥柱中流，
赤县永花繁。

沁园春·光荣团旗

——纪念中国共青团百年华诞

艳丽鲜花，
如歌岁月，
光荣团旗。
“五四”燃火炬，
爱国运动；
东园号角，
赤县其时。
橘子洲头，
井冈星火，
宝塔山先锋队齐。
雄鸡唱，
大路何漫漫，
旭日升曦。

百年征战称奇。

跟党笃行初心不移。
以青春之我，
衣冠磊落，
朝骑白马，
叠嶂奔驰。
指点江山，
砥砺奋进，
伟绩当勒燕然石。
强国梦，
汇星河璀璨，
萤耀于兹。

注释：

东园号角：中国社会主义青年团第一次全国代表大会在广州市东园开幕。

七绝·致敬八一

金甲戎骑万里雄，
军歌嘹亮震长空。
西风犹烈何足惧，
今岁还言赤县红。

忆江南·庆祖国七十二华诞

神州好，
共祝祖国强。
四海扬波红胜火，
五岳枫染九秋光。
同力向朝阳。

五绝·重温萧华作词的《长征组歌》

猎猎红旗血，
铮铮英杰铁。
寸心言不虚，
挥泪壮歌说。

注释：

萧华（1916 年 1 月 21 日—1985 年 8 月 12 日），江西省兴国县人，中国人民解放军开国上将。1964 年亲历长征的萧华，创作了《长征组歌》十二首组诗，1965 年选择其中的十首谱成了一部风格独特的大型声乐套曲《长征组歌》，1965 年 8 月 1 日正式公演，轰动全国，鼓舞着一代又一代的人。《长征组歌》被评为二十世纪华人经典音乐作品。

七律·忆韩先楚上将

北戎南战仗英豪，
立马长呼敢横刀。
鼍鼓阵头天地动，
烽烟滚起虎旗高。
言功九鼎渡琼海，
身似鸣镝驱寇逃。
宝岛未归心未果，
将军不肯解征袍。

注释：

韩先楚（1913年2月14日—1986年10月3日），湖北省黄安县（今红安）人，中国人民解放军上将。

鹧鸪天·纪念抗美援朝七十周年

苍松肃穆柏泪滴，
士兵骸骨盼归栖。
山河无恙七十载，
英烈泽国铭刻石。

路莽莽，马嘶嘶。
跨江雄士举旌旗。
烽烟滚滚保和平，
鼓角声声斗寇敌。

鹧鸪天·为祖国写歌

——怀念乔羽

一条大河九州知。
荡舟双桨起波时。
舞台难忘今宵夜，
歌席尤思蝴蝶飞。

情脉脉，意依依。
大鹏丹墨九天兮。
于今晚萃清风拂，
乐奏悠扬双泪垂。

注释：

1. 乔羽（1927年11月16日—2022年6月20日），山东省济宁市人，词作家、剧作家。本首词隐括乔羽作词的《我的祖国》《让我们荡起双桨》《难忘今宵》《思念》中的歌词。
2. 大鹏丹墨九天兮：乔羽曾说："艺术家应该是有两个翅膀的大鹏鸟，一个翅膀是坚定不移的爱国心，一个翅膀是光辉灿烂的作品。"

相见欢·中国航天事业奠基人钱学森

东风吹绿江淮。
燕归来。
火箭航天高树，
亲身栽。

戈壁滩。
英雄谱。
卫星怀。
钱老大言之问，
撞钟佳。

注释：

1. 钱学森（1911 年 12 月 11 日—2009 年 10 月 31 日），出生在上海，籍贯浙江杭州。享誉海内外的国家杰出贡献科学家和中国航天事业的奠基人，中国科学院、中国工程院资深院士。2009 年 9 月被评为“100 位新中国成立以来感动中国人物”。

2. 钱老大言之问，撞钟佳：指钱学森关于中国大学创新人才培养的“钱学森之问”。

桃园忆故人·忆邢燕子

——为纪念“三八国际妇女节”而作

天高海阔人生路。
垦植造田无数。
背篓镰刀村墅。
画报花容处。
飞来燕子鸣春语。
那惧迎前风雨。
试问姑娘初许。
芳草茵茵顾。

注释：

1. 邢燕子（1941 年—2022 年 4 月），天津市人，中共党员。在我国农村经济最困难的时期，成为“发奋图强，扎根农村，大办农业”的青年典型。曾经先后五次受到毛泽东接见，十三次受到周恩来接见。2009 年 9 月被评为“100 位新中国成立以来感动中国人物”。2019 年 9 月被授予全国“最美奋斗者”荣誉称号。
2. 画报花容处：指《人民画报》1960 年 10 月封面邢燕子。

浪淘沙·大庆铁人王进喜

——为纪念“五一国际劳动节”而作

大庆鼓声喧。
漠漠荒原。
铁人披袄立钻前。
“两论”起家找石油，祖国心弦。

地冻朔风寒。
猎猎朱幡。
井喷双臂搅拌难。
回首英雄铮傲骨，奋斗歌篇。

注释：

1. 王进喜（1923 年 10 月 8 日—1970 年 11 月 15 日），出生于甘肃省玉门县赤金堡，黑龙江省大庆油田工人，全国著名的劳动模范。2009 年 9 月被评为“100 位新中国成立以来感动中国人物”，2019 年 9 月被授予全国“最美奋斗者”荣誉称号。

2.“两论”起家找石油：1960 年 4 月 10 日，大庆会战领导小组以石油部机关党委名义作出了《关于学习毛泽东同志所著〈实践论〉和〈矛盾论〉的决定》。大庆油田工人通过学习“两论”，认识大庆油田实际和建设开发规律，分析和解决了会战中遇到的各种问题。1964 年毛泽东向全国发出“工业学大庆”的号召。

菩萨蛮·万婴之母林巧稚

毓园兰蕙春晖好，
琴岛女儿京城晓。
协和有良医，
悬壶济世奇。

妇产开拓道，
万婴母之宝。
蓝海鼓浪石，
乡人念望伊。

注释：

林巧稚（1901 年 12 月 23 日—1983 年 4 月 22 日），福建厦门人，医学家、医学教育家，曾任北京协和医院妇产科主任，中国医学科学院副院长。一生致力于妇产科事业，亲手接生了五万多名婴儿，被国人尊称为“万婴之母”。

七律·白衣天使赞

楚地霾压城欲黑，
白衣执甲几时归。
心怀大爱佑生命，
胸有岐黄救病危。
连蒂同根兄弟助，
万方成势鬼神摧。
屈原泪目独知此，
黄鹤楼头立鼎碑。

七绝·纪念中国健儿首次登上珠穆朗玛峰

雪山高矗银光里，
无畏健儿征战地。
步步惊心何所求？
珠峰顶上展红帜。

注释：

1960年5月25日，中国登山队队员王富洲、屈银华、贡布成功从北坡登上世界最高峰——珠穆朗玛峰顶端，开创了人类第一次从北坡登顶珠穆朗玛峰的纪录。

醉花阴·北京香山红叶

云起黄栌胭脂色。
脉脉佳人格。
史录乾隆栽，
前古林边，
尽是深情客。

远山眺望秋风瑟。
灿灿朝霞赤。
双清别墅缘，
今日园开，
遍野红旗出。

注释：

1. 云起黄栌胭脂色：香山有看云起景点，起“行到水穷处，坐看云起时”之意。每到秋天，漫山遍野的黄栌树叶红得像火焰一般。

2. 史录乾隆栽：香山黄栌树是清代乾隆年间栽植的，经过两百多年的发展，现在拥有九万多株的黄栌树林区。

西江月·井冈山

峻岭飞流葱绿，
杜鹃翠竹花红。
燎原星火此山丛。
今日攀登圆梦。

当年破敌奇迹，
黄洋界炮声隆。
八角楼灯永亮中。
赤帜井冈飘动。

凤凰台上忆吹箫·山丹丹花

百合标名，山丹题品，
高峦林秀成丛。
茎直立，清灵六瓣，蕊若胭红。
依然夏时绽放，
勤培植，学苑良工。
谁为伴，
雨后彩霞，星野篝红。

玲珑英英朝气，
延安花，朵儿亮丽铺茸。
宝塔下，延河两岸，革命之忠。
枣园南泥湾长，
端可爱，蕃艳青葱。
众人唱，灼灼圣地朝东。

卷二

情系山河

水调歌头·黄河

黄河天上到，
东去激流澜。
长风霞起白浪，
横亘广延滩。
雄似太行万仞，
壮如钱塘潮发，
巍峙砥柱山。
九曲老牛湾，
浩浩育人寰。

昆仑玉，
丝绸路，
长城攀。
河图洛书今用，
大禹治水贤。
华夏多元一体，

赤县文明百川，
入海见新颜。
壶口瀑布在，
高唱破云端。

望海潮·长城

地雄燕赵，
关楼山海，
老龙头水云间。
锁钥北门，
居庸叠翠，
八达岭雪花天。
嘉峪古边垣。
看长城延袤，
燕然山前。
羌笛悠扬，
张骞西使留遗篇。

秦时月汉时关。
有龙城飞将，
誓取楼兰。
民族脊梁，

长城血肉，
喜峰口大刀环。
旗红在飘卷。
丝绸之路远，
草绿边川。
山岭桃香杏白，
好汉长城攀。

五律·登泰山

御道石屏见，

秦皇封禅还。

群峰朝日出，

五岳独尊山。

泰岱雪衣洁，

黄河金带环。

追求白云麓，

我辈复登攀。

七律·黄山

浩荡白云莲叶间，
劈山奇峭涌流泉。
古松参错碧如剪，
灵草从横红欲燃。
日出鸿飞霞万丈，
风来笛韵杏枝前。
光明顶上舞燕落，
妙笔生花写自然。

七绝·武当山

圣地坛堂夕岚笼，
三丰林壑武当功。
紫霄翠瓦丹墙故，
《道德经》书人手同。

七绝·雪后衡山

银装素裹满仙苑，
山岭云舒缥缈见。
祝融峰林独莹然，
雾凇琼玉游人恋。

清平乐·鸣沙山月牙泉看雪

朱楼晨日。
敦煌银装地。
千里金沙披瑞迹。
月印一湾清碧。

霁色相艳沙泉。
宛若仙境飘然。
好雪润滋大漠，
笛声喜兆丰年。

注释：

2021 年 11 月 20 日甘肃敦煌迎来冬天第一场降雪。雪后天晴，鸣沙山月牙泉景区银装素裹，分外妖娆。在汉朝月牙泉便以“月牙晓澈”名闻天下，雪润大漠，宛如一幅美丽动人的东方诗意画卷。

七绝·庐山植物园杜鹃

绝壁岩石芳树中，
露凝丹脸笑花丛。
嫩白轻紫多娇媚，
不负春光几代功。

七绝·独弦琴里扬新韵

金沙海平红树林，
独弦琴里扬新韵。
哈亭唱和传歌声，
村美京族人奋进。

注释：

1. 金沙海平红树林：京族是广西的世居少数民族，主要聚居在东兴市江平镇，这里的最美乡村万尾村海岸线长达十五公里。
2. 独弦琴里扬新韵：京族哈节、独弦琴艺术是国家级非物质文化遗产，“哈”是京语译音，含有“歌”的意思，当地建有“哈亭”，哈节成为京族节日。

清平乐·敦煌莫高窟

黄沙大路。
壁画胡旋舞。
红柳胡杨驼铃语。
宝窟千年风雨。

飞仙手握琵琶。
九色鹿走天涯。
佛殿迎逢远客，
丝绸之道芳华。

柳梢青·寒山寺

河岸清佳。
枫桥城外，
杨柳烟斜。
明媚寒山，
风和香袅，
春在桃花。

江南古寺星霞。
诗张继，
船窗水涯。
经籍黄墙，
遗踪可拾，
钟动谁家。

七绝·寒山寺新年钟声

新月爆竿星满天，
江枫焰火夜无眠。
阊门人涌寒山寺，
百杵钟声游客船。

七律·苏州同里退思园

移步换妆楼榭间，
亭台垂柳映青眼。
蜻蜓轻动倚阑望，
荷叶幽香盈满盏。
鼓吹莺啼曲径听，
琵琶鱼戏月桥栈。
退思画景人来游，
水佩风裳无数拣。

清平乐·北京国子监

三代学馆。
京国芳枝满。
亲讲乾隆辟雍殿。
柳絮纷飞无燕。

状元何日功成。
集贤科举读经。
吉兆古槐复起，
乔柯翠叶秋声。

柳梢青·春日登岳阳楼

登览高吟。
洞庭浩瀚，
波澜清深。
沙鸟飞翔，
汀兰岸芷，
湖面流金。

我携春燕来临。
问忧乐？希文与斟。
互唱渔歌，
君山斑竹，
仁者之心。

注释：

1. 问忧乐？希文与斟：指范仲淹（字希文）《岳阳楼记》中“先天下之忧而忧，后天下之乐而乐”。
2. 君山斑竹：君山在岳阳市的洞庭湖中，古称洞庭山，斑竹生长在娥皇女英二妃墓周围。

菩萨蛮·黄鹤楼

楼前桥长游人织。
坐观江阔腾云碧。
灼灼百花香。
龟蛇守月光。

画船听雨罢。
黄鹤仙踪解。
客说武昌鱼。
依依杨柳株。

七律·题北固山多景楼

——步韵唐·白居易《八月十五日夜禁中独自对月忆元九》

流香甘露日西沉，
多景楼高月下林。
万里玉盘东逝水，
千樯沧海识雄心。
云峰横起秋风飒，
潮涌回声古寺深。
刘备计从明慧眼，
良辰美眷醉花阴。

注释：

北固山多景楼在江苏省镇江市北固山甘露寺内，为历代文人雅士聚会赋诗之所。它是古代“万里长江三大名楼”之一，与岳阳楼、黄鹤楼齐名。

七律·登滕王阁

高阁俊名承秀庐，
星驰人杰带明湖。
落霞孤鹜齐为画，
秋水长天共一图。
彭蠡儿孙植芳草，
豫章子弟启新珠。
满楼风韵千峰月，
破浪万帆沧海隅。

菩萨蛮·太昊陵

归鸿春暖青云逐。
翠林满目陵园麓。
太昊火光明。
伏羲开国星。

畋田渔网利。
八卦陶埙礼。
华夏瑞龙长。
神州百草香。

减字木兰花·中国造纸术

天蓝知白。
蔡伦造纸华夏脉。
硬黄澄心。
宣德龙笺光润琛。

粲然芙种。
花笺薛涛时贵重。
纸寿千年。
能事人间天与贤。

注释:

1. 蔡伦造纸华夏脉: 蔡伦是伟大的造纸术发明家，造纸术是中国四大发明之一。
2. 硬黄、澄心、宣德: 指各个朝代的名纸品种。
3. 花笺薛涛时贵重: 唐朝女诗人薛涛在成都时用木芙蓉皮为原料，加入芙蓉花汁等，制成红色精美彩笺，称“薛涛笺”。

七绝·中国指南针

斗转星移古旷怀，
路迷端倚司南来。
罗盘船引达江海，
北斗巡航日御回。

注释：

1. 指南针：古代叫司南，常用于航海、大地测量、旅行、军事等方面。物理上指南针的发明有三类部件：司南、罗盘、磁针，均属于中国的发明。
2. 北斗巡航日御回：指我国自主研发的北斗卫星导航系统，它已经成为国际上一块响亮的民族品牌。

七绝·中国火药

正月南朝爆竹中，
人间精艺夺天工。
炼丹火箭喧腾看，
国富烟花奥运红。

注释：

1. 火药是中国的四大发明之一。《范子计然》中记载，春秋时代火药就已经应用于民间、民生，“硝石出陇道”。
2. 正月南朝爆竹中：南朝《荆楚岁时记》记载：“正月一日，是三元之日也，《春秋》谓之端月。鸡鸣而起，先于庭前爆竹，以辟山臊恶鬼。”

七绝·中国印刷术

太学门前碑六经，
雕镌《女则》令循行。
毕昇活版泥文字，
王选照排当代名。

注释：

1. 北宋庆历年间（1041 年—1048 年），毕昇发明了活泥字，标志着活字印刷的诞生。
2. 太学门前碑六经：《后汉书》记载：“熹平四年……奏求正定六经文字，灵帝许之。邕乃自书丹于碑，使工镌刻立于太学门外。”
3. 雕镌《女则》令循行：明代《弘简录》有关于唐太宗皇后长孙氏收集妇女典型人物的记载：“太宗后长孙氏，洛阳人……遂崩，……及宫司上其所撰《女则》十篇，采古妇人善事……帝览而嘉叹，以后此书足垂后代，令梓行之。”这里“梓行”就是雕版印刷。

鹧鸪天・杭州西湖初夏

一川烟雨柳色青。
西湖余煦照南屏。
曲轩荷翠水天碧，
情侣观鱼来客亭。

山黛远，画船行。
鹧鸪声出唱还停。
雷峰塔影芳花丽，
登览望潮见海平。

七绝·都江堰

岷水神工灌蜀川，
李冰石像旧时年。
深淘滩激低堤堰，
惠泽膏流天府田。

七绝·赵州桥

洨水安桥碧浪新，
隋朝工匠数李春。
石栏雕刻双龙出，
果老骑驴传如神。

卷三

时代风云

行香子·红星照耀中国

——读埃德加·斯诺《红星照耀中国》

窑洞高论，斯诺风尘。
红旗展，宝塔城春。
雪山草地，战士如神。
更心天高，同甘苦，好精神。

边区行处，辛劳采访。
众将军，灿若星辰。
群英抗战，小号声闻。
有西安月，延河水，保安云。

踏莎行·纪念基辛格博士秘密访华五十周年

万里星空，
博士暗渡。
燕京握手红墙赴。
小球运动转大球，
导师高瞩闲庭步。

巍峙长城，
总统览古。
浦江波涌公报处。
梧桐落叶朔风吹，
长江浩荡山川入。

注释：

1. 小球运动转大球：指1971年4月中国邀请美国乒乓球代表团访华，开展乒乓外交。
2. 导师高瞩闲庭步：指毛泽东审时度势，打开了中美外交的新局面。

七律·贺嫦娥五号揽月

远望夜空心旷然，
星河灿烂转银盘。
古人追梦思登月，
今日嫦娥要上天。
蟾月吴刚供月壤，
瑶池王母摆桃筵。
卫星绕落飘然往，
疑是金梭下世间。

七绝·贺神舟十三号载人飞船发射成功

神舟天和月同屏，
三英任重太空行。
星辰大海当拥抱，
更有豪情揽耀星。

如梦令·神舟飞天筑家园

——贺中国空间站建造阶段首次载人飞行任务开启

神舟飞射上天。
长空巧筑家园。
圜九重营度，
北辰日月探看。

翔天。
翔天。
华夏儿女登攀。

踏莎行·记录第四届世界合唱比赛

七月激情，鹭江花艳。
翩翩飞渡五洲燕。
千啼百啭聚交流，
高山流水知音暖。

深巷街亭，音波回旋。
金声玉振绕梁殿。
高歌前进唱和平，
银花火树舞姿曼。

注释：

2006 年 7 月 15 日—26 日，第四届世界合唱比赛在厦门举行，来自八十个国家和地区的四百七十六个合唱团两万余名歌手汇聚美丽的鹭岛——厦门参加比赛。国际国内七十多名著名音乐家担任近两百场比赛的评委。世界合唱比赛两年一届，其理念是“参与就是至高无上”，这是厦门改革开放以来盛况空前的艺术盛会。

七绝·第七届尼山世界文明论坛

秋高曲阜鼓箫喧，
毕至群贤摆论坛。
成岭成峰各多彩，
和而不同看尼山。

注释：

首届尼山世界文明论坛2010年9月在孔子诞生地曲阜尼山举办，论坛以“和而不同与和谐世界”为主题，来自欧洲、美洲、亚洲十一个国家和地区的专家学者，首次开展儒家文明和基督教文明的高层次对话。论坛发表《尼山和谐宣言》。历届尼山论坛都坚持“各美其美，美人之美，美美与共，世界大同”的理念，传播“和而不同”的中国声音。以“文明对话与全球合作”为主题的第七届尼山世界文明论坛2021年9月27日在山东曲阜开幕。

七绝·杨倩第三十二届奥运会射击首金

枪起英姿夺首金，
清华学妹举时新。
杨门女将前朝曲，
奥运还听杨柳音。

踏莎行·冬奥会火种点燃

冰雪相约，雪冰相念。
奥林匹亚迎盛典。
赫拉神庙火种燃，
高擎火炬激情满。

五环同心，同心同健。
北京圣火接力看。
宫灯长信启光明，
祥云火凤未来灿。

注释：

1. 2021 年 10 月 18 日，希腊古奥林匹亚，雨后初霁。它是奥林匹克体育运动的发祥之地，丘陵环抱的古奥林匹亚遗址恢弘壮观，第二十四届冬季奥林匹克运动会的火种，在这里的赫拉神庙遗址前点燃。在全球目光的关注下，奥林匹克火种再次来到中国，10 月 20 日抵达北京。在奥林匹克塔现场，护卫人员从火种灯中引出火种，点燃北京冬奥会“飞扬”火炬。

2. 宫灯长信启光明：指冬奥会火种灯，其创意源自“中华第一灯”——西汉长信宫灯。

3. 祥云火凤未来灿：指冬奥会仪式火种台，创意源自青铜礼器——尊，祥云纹路由下而上渐化为雪花。火炬接力标志创意源自中华文化中的“火凤凰”和“火纹”。

七绝·高庭宇速度滑冰夺金

风驰电掣冲冰道，
夺冠时分仰面啸。
铁棒功夫热泪流，
红旗高举当骄傲。

注释：

2023 年 2 月 12 日晚，速度滑冰男子五百米决赛在国家速滑馆“冰丝带”举行。中国选手高庭宇以 34 秒 32 的成绩打破奥运会纪录，获得金牌。这是中国男子速滑项目的冬奥首金。二十四岁的高庭宇从八岁开始练习滑冰，“只要功夫深，铁杵磨成针。”他全力投入滑冰运动的背后，是对梦想的渴望和追求。

七绝·谷爱凌自由式滑雪女子大跳台夺冠

谷静跳台听大音，
爱冰恋雪华人根。
凌空飞跃飒然落，
赞赏红梅迎冠军。

注释：

2023 年 2 月 8 日，首钢滑雪大跳台，中国选手谷爱凌最后一跳，翻转腾挪，轻灵飘逸，反超对手。以总分 188.25 分夺得冬奥会自由式滑雪女子大跳台冠军。国际奥委会主席巴赫称赞：谷爱凌的表现非常出色，我感受到每一位参赛选手的激情。

柳梢青·冬奥会折柳寄情

碧玉丝风。
章台柳絮，奥运京城。
华灯万盏，童声歌咏，
折柳深情。

还书健马拼争。
雪冰地，金鸣意生。
少俊英雄，依依柳绿，
携手同行。

注释：

2023 年 2 月 22 日晚，第二十四届冬奥会在国家体育场闭幕。晶莹的雪花火炬下，小朋友手持雪花花灯，点亮“冬”字会徽，AR 技术中国结绽放华彩，折柳寄情，中国传统文化为闭幕式添彩。

七绝·中国女足亚洲杯夺冠

烽火燔燃绿茵场，
剑光闪闪复铿锵。
三球入网称豪迈，
华夏女足威奋扬。

注释：

2022 年 2 月 6 日，在印度孟买举行的 2022 女足亚洲杯决赛中，中国姑娘拼到最后一刻。中国队以 3 比 2 战胜韩国队，时隔十六年再夺亚洲杯冠军。

七绝·接力赛夺冠

——贺中国田径队杭州亚运会男子 4×100 米接力赛夺冠

华夏健儿跑道见，

飞奔影幻似神箭。

冠军问鼎勇争先，

一束红光像闪电。

清平乐·贺北京人艺建院七十周年

红笺小语。
说燕京戏剧。
《龙须沟》《茶馆》《雷雨》。
巨匠呕心培育。

幕启幕降新声。
潮起潮落大鹏。
叶绿蕊黄娇艳，
花团锦簇韶英。

注释：

2022 年是北京人民艺术剧院建院七十周年。七十年来，北京人艺上演了古今中外不同风格的三百多部作品，为人民而歌，与时代同行。“好戏连台，人才辈出”，形成了鲜明的艺术风格，留下了北京人艺的创作精神，打造了一部部经典，滋养了一代代观众。

鹊桥仙·神舟飞天建鹊桥

银河波浪，
牛郎织女，
相隔两边迢渺。
金风玉露得相逢，
梦里见，
相思多少？

神舟飞箭，
遨游宇宙，
建造鹊桥今早。
太空七夕迎仙人，
华夏族，
浪漫手巧。

江城子·归舟

别时弦月落忧惶，遇冰霜，漫夜长。
算尽机关，罗网蔽天张。
神州灯塔方向定，回母港，晚舟航。

一袭红裙女儿妆，自豪扬，玫瑰香。
感爱祖国，笔意正昂昂。
华夏儿女英气传，闻鸡舞，射天狼。

注释：

1. 2018 年 12 月 1 日，华为公司首席财务官孟晚舟女士在温哥华机场被无理拘押。2021 年 9 月 25 日，孟晚舟乘坐中国政府包机返回祖国。
2. 算尽机关：清曹雪芹《红楼梦十二曲·聪明累》，机关算尽太聪明。
3. 闻鸡舞：出自《晋书·祖逖传》，祖逖闻鸡起舞的故事，是英雄豪杰报国励志的典范。
4. 射天狼：出自屈原《九歌·东君》，“举长矢兮射天狼”，天狼，星名，喻贪残。

七绝·2022年卡塔尔世界杯

海湾之国星光闪，
大力神杯烽火燃。
绿地英姿金鼓起，
足球希望梦能圆。

注释：

足球希望梦能圆：在世界杯的另一边，“足球带来希望”摄影展在马德里和科尔多瓦（南部）的“阿拉伯之家”机构中举行。摄影展展示了这项运动体现的克服困难、包容和性别平等的故事。足球的意义远不止每四年举办一次的世界杯。

七绝·会师中国空间站

浩瀚星河万里遥，
太空舱内大盈抱。
六英翩眇何方来？
华夏之舟儿女好。

注释：

北京时间2022年11月30日7时33分，在中国人自己的空间站里，中国航天员乘组，首次“太空会师”。随神舟十五号安抵的，是费俊龙、邓清明、张陆，在天宫空间站翘首以待的，是神舟十四号航天员陈冬、刘洋、蔡旭哲，大家在太空会师，热烈拥抱。

如梦令·华沙肖邦公园雪后

一抹银装宫邸。
几只松鼠觅食。
琼树肖邦台，
湖面天鹅嬉戏。

雪起。
雪起。
舞榭琴声还履。

注释：

波兰华沙肖邦公园（瓦津基公园）是波兰最美丽的公园之一，具有英国园林风格，原是波兰末代国王的私人别墅。公园入口处屹立着一座音乐大师肖邦的巨大雕像。公园里的梅希莱维茨基宫殿是 1958 年至 1970 年间中美大使级会谈的谈判场所。

五绝·法国森林松露

秋雨淅淅过，
蘑菇冉冉秀。
森林芬馥飘，
沃土藏松露。

七绝·丝路明珠撒马尔罕

丝绸之路明珠来，
壁画大唐今尚在。
康国相逢巴扎堆，
金桃灿灿何园采。

注释：

1. 撒马尔罕：意为“肥沃的土地”，乌兹别克斯坦第二大城市，是中亚最古老的城市之一，丝绸之路上重要的枢纽城市，有两千五百年的历史，为古代帖木尔帝国的首都。中国古代称之为“康居”。
2. 壁画大唐今尚在：在撒马尔罕历史博物馆，陈列着一组距今约一千四百年的粟特宫廷壁画。其中一幅展现了唐代贵族的生活场景：众人簇拥一个衣服华丽的女子湖上泛舟。
3. 金桃灿灿何园采：《唐会要》记载：“康国献黄桃，大如鹅卵，其色如金，亦呼金桃。”

七绝·南海明代沉船考古

湛蓝南海起风浪，
明代千帆天水行。
华夏青瓷它界木，
深潜勇士探归藏。

注释：

2023年5月21日，国家文物局等单位联合举行新闻发布会，宣布在我国南海发现两处明代沉船，一号沉船文物以瓷器为主，二号沉船发现大量原木。“深海勇士”号载人潜水器在一号沉船遗址布放了首个沉船水下永久测绘基点，开启了中国深海考古新篇章。

卷四

田园诗画

临江仙·厦门凤凰花

凤凰生得开两季，
东风岛上芳华。
丹荣翠羽满天涯。
城头城外，最美鹭江花。

园中夏日欣欣发，
如云冠盖谁家？
小桥流水艳枝丫。
爱心难尽，红树灿明霞。

望海潮·鼓浪屿

东南明珠，
天风海阔，
晃岩沙岸礁涯。
幽径客来，
教堂唱诵，
渔舟岛上人家。
绿树掩番瓜，
三角梅吐艳，
情侣红颊。
别墅春兰，
使馆秋叶，
竞芳华。

时光大幕徐拉。
有延平傲骨，
木棉之花。

巧稚毓园，

菽庄藏海，

钢琴百架称嘉。

《黄河》怒涛哗，

《土楼》柔情洒，

凤凰丹霞。

那人那时那地，

鼓浪耀星夸。

注释：

1.《黄河》怒涛哗：1969 年殷承宗（厦门鼓浪屿人）等六人改编了由冼星海谱曲的《黄河大合唱》。1970 年钢琴家殷承宗与中央乐团在北京民族宫剧院首演《黄河钢琴协奏曲》，这部钢琴协奏曲是世界音乐史上较有影响力的一首中国协奏曲。

2.《土楼》柔情洒：1998 年，厦门市在鼓浪屿成立了厦门爱乐乐团，郑小瑛教授任首席指挥。刘湲作曲的大型交响诗篇《土楼回响》由厦门爱乐乐团首演于 2000 年，次年获得首届中国音乐金钟奖唯一金奖。

七绝·登日光岩

——次韵蔡元培日光岩题壁

日出暖暖望波涛，
光耀灼灼云见高。
岩壁豺狼已驱尽，
琴声悠远岂能淘。

五绝·厦门名刹南普陀

无我清芳地，
池中馨荷多。
晨钟声畅远，
香客几回过。

七律·壬寅厦门虎溪岩

东日暖阳迎岁年，
拾遗而上虎溪缘。
和风芳草山中寺，
鸟啼石高林下禅。
净土门虚容虎卧，
菩提树善露光悬。
隐元黄檗伤怀去，
骚客留诗在眼前。

五律·登厦门白鹿洞寺

鹿洞因何起，
兹文朱子缘。
山岚出云岫，
竹径溅清泉。
石壁楼台见，
天风海岛边。
曲栏书诵者，
樯帆法航篇。

五律·重阳节登鸿山寺

变叶木幽径，
游鱼涧水中。
凤凰花数朵，
飞燕晚霞红。
鸿山织雨临，
登楼翠竹丛。
延平嘉兴寨，
遗立在烟空。

七绝·来厦门石室禅院观赏梨花

古刹千年花似雪，
朵云怒放势低昂。
游人画幅踏春色，
素白冰肌有淡香。

五律·厦门白城海边秋望

碧空秋雁飞，
流走亦相依。
棕树轻摇曳，
南山半落晖。
机船载箱去，
小艇捕鱼归。
蓝海弄潮子，
长歌笑语微。

七绝·贺第三十四届中国电影金鸡奖

——厦门

灿灿群星红地毯，
鹭江之夜竟无眠。
金鸡昂首为谁唱？
灼灼百花梦正圆。

忆江南·红梅贺年

花溪好，
晴日岭梅妆。
翠鸟飞来鸣引曲，
小蜂花蕊采撷忙。
新岁共芬芳。

注释：

花溪：指厦门市文曾路花溪。

七绝 · 2008 年的植树节

东风送暖彩旗扬，
谁念逢时植树忙。
挥动银锄苗木种，
来年蝶舞翠峰香。

七绝·白玉兰

亭亭玉树屋前栽，
皎皎繁花晓翠开。
香色不争群卉艳，
英姿朵朵迎君来。

七绝·水仙花

凌波仙子到凡间，
宫样鹅黄绿蔓垂。
鼓瑟清音伴其舞，
正人元日碧霄时。

七绝·茉莉花

翠娥洁白在枝丫，
玉骨冰肌香满家。
美丽芬芳夸好景，
华人皆唱《茉莉花》。

七绝·中秋明月

一轮圆月在云间，
日月星辰相灿然。
千里江南人望月，
同斟明月共婵娟。

五绝·西山向日葵

西山园野葵，
绿绮披坡岭。
卓立黄金盘，
根深向日映。

七绝·儿童田野放纸鸢

桃红杏艳柳丝垂，
油菜花黄洒落晖。
田野稻苗春嫩嫩，
儿童小径纸鸢飞。

一剪梅·早梅
——贺厦门银行成立二十五周年

一剪梅花春早娇。
疏离横枝，檀蕊梅梢。
不为争俏为争时。
梅在枝头，春在枝娇。

琼骨冰姿花竞骚。
青眼丝柳，清艳新桃。
人勤春早看今朝。
南北梅发，赤县妖娆。

七绝·佩兰

绿衣香犹薰衣草，
蝴蝶有情翩眇到。
史上骚人独爱伊，
古琴一曲《佩兰》傲。

七律·武夷山

九曲清溪出武夷，
道南理窟脉朱熹。
苍苍杉铁立山径，
片片竹排漂水漪。
钩幔大王添翠色，
镜台玉女有仙姿。
感时忧国歌慷慨，
盛世生逢好赋诗。

满庭芳·武夷茶

碧水丹山，
春风雨露，
绿波层漾田园。
武夷茗传，
名重上凌烟。
枝茂叶嘉芽嫩，
鲜焙芳，
金柈铫煎。
涧中水，
玉瓶建盏，
色白品香泉。

天涯谁识君？
宋唐人咏，
客有勤贤。
首提笔，

孙樵晚甘侯篇。
陆羽作经六羡，
斗茶歌，
仲淹文言。
今朝饮，
仙风飘逸，
龙凤小窗前。

注释：

1. 名重上凌烟：凌烟阁是唐代为了表彰功臣而建筑的绘有功臣图像的高阁。喻指武夷茶可与这些忠臣的功德并列。
2. 孙樵晚甘侯篇：唐朝孙樵的《送茶与焦刑部书》友人信中，把赠送的武夷山岩茶美称为“晚甘侯”。
3. 陆羽作经六羡：唐朝的陆羽是中国茶道奠基人，其著作的《茶经》是世界上第一部茶叶专著。他一生爱茶，精于茶道，还撰写了《武夷山记》和《六羡歌》。
4. 斗茶歌，仲淹文言：范仲淹曾作《和章岷从事斗茶歌》。
5. 龙凤小窗前：龙团凤饼为宋朝御贡名品，茶中之尊，名冠天下。

品令·武夷山茶作坊品茗

树色溪山景。

远客至，淑人亲。

鲜衣秀映，暖炉雅会，谈欢尽兴。

品大红袍，岩叶光莹体净。

味浓香竟。

蔡襄忆，茶录捧。

美哉茗师，皓齿惠颖，仙姿入镜。

武夷山青，丰岁茶坞胜境。

注释：

1. 淑人亲：指茶作坊女主人。
2. 蔡襄忆，茶录捧：北宋蔡襄在皇祐年间向皇帝推荐北苑贡茶，写作《茶录》。《茶录》是宋代著名的茶学专著。
3. 美哉茗师：指女茶艺师。

七绝·采茶姑娘

三月阳春好景光，
武夷山下采茶忙。
似蝶双手翩翩舞，
摘得黄金芽满筐。

注释：

摘得黄金芽满筐：黄金芽指武夷山新茶。唐朝卢仝《走笔谢孟谏议寄新茶》诗句：先春抽出黄金芽。

五绝·读陆羽《六羡歌》有怀

捧读六羡诗，
犹自芷兰气。
独爱一杯茶，
心存四方志。

注释：

1. 陆羽：字鸿渐，复州竟陵（今湖北天门）人，唐代著名的茶学家。
2. 陆羽《六羡歌》：不羡黄金罍，不羡白玉杯；不羡朝入省，不羡暮入台；千羡万羡西江水，曾向竟陵城下来。
3. 芷兰：南接洞庭澧水流域的野生兰花。因屈原著名诗句“沅有芷兮澧有兰”而得名。

七绝·兔

旧忆上林望月回，
嫦娥抱兔踏春来。
皎如霜耀温柔玉，
捣药飞奔仁中魁。

五律·虎

锦斑何日行，
长啸震山陵。
额大呈王貌，
尾梢为善旌。
风生立威武，
雪厚任驰征。
寅虎迎新岁，
图腾满汉庭。

五绝·丹顶鹤

丹顶白翎羽，
秋来田渚里。
霞辉鹤鸣声，
展翅凌霄起。

啰唝曲·西双版纳野象出行

版纳出野象，
步步引人心。
翠峰栖万物，
绿水哺奇珍。

醉梅花·迎新年

红笺新词送岁华。
诗书相伴老生涯。
冬寒料峭尚欺软，
柳叶飘然到汉家。

残蜡去，
九阳嘉。
翠峰岭上看梅花。
东君引得芳春至，
欲放山茶草吐芽。

七律·登厦门北辰山

闽王驾鹤已千年，
举世谁知北辰天。
广利庙中三拜祭，
清流龙卧十名泉。
林涛阵阵蒸霞至，
细水潺潺飞雨链。
探胜仙山心志静，
登高峰嶂眼前贤。

五律·厦门甲辰春节

双塔龙腾好，
公园彩凤悬。
云桥风铃木，
山寺紫花妍。
空港红歌唱，
街头舞合弦。
客行随意乐，
鹭岛过新年。

卷五

校园风采

沁园春·厦大百年校庆

闽地有名，
东南有誉，
海外有声。
祝百年校庆，
凤凰花笑，
芙蓉湖绿，
五老峰明。
揽九天祥云陈贺锦，
倾五洋泼墨丹青。
学生愿，
忆办学大义，
校主嘉庚。

弦歌不辍音清。
书阁矗立传递亲情。
大师毕至，

培植新秀，
长汀岁月，
红色传承。
射卫星飞天称壮举，
驾海轮科考远征。
弟子望，
负改革重任，
桃李春风。

满江红·陈嘉庚

河洛源源，

浔江涌，

拍浪岸长。

修立志，

南轩学道，

讨海儿郎。

创业狮城开物旺，

心忧天下兴学昌。

战火燃，

捐款保家园，

平寇强。

红棉骨，

英蕊妆。

山河览，

轩辕冈。

赴延安握手，
迎引霞光。
为我中国添异彩，
亲回桑梓办学忙。
载史籍，
桃李百年功，
旗帜扬。

注释：

1. 河洛源源，浔江涌：陈嘉庚（1874 年—1961 年），祖籍在河南省光州固始县，出生在福建省同安县集美社，三面环海，浔江是所在地的江河。
2. 南轩学道：陈嘉庚 1882 年在社里的南轩私塾接受教育。
3. 心忧天下兴学昌：陈嘉庚 1913 年创办集美小学，发展到现在的集美大学；1921 年创办厦门大学。
4. 山河览，轩辕冈。赴延安握手，迎引霞光：陈嘉庚 1940 年 3 月率领南洋华侨回国慰劳团回国，5 月 30 日从西安到延安，途中先到中部县祭黄帝陵，到延安会见毛泽东、朱德等领导人，6 月 8 日离开延安。

水龙吟·纪念王亚南

——写在厦门大学经济学科新百年暨经济学院成立四十周年之际

有才惟楚看鄂东，
波浪翻英材晓。
乡村子弟，
大任此辈，
经纶才调。
佛寺盟言，
携持大力，
救亡怀报。
算一生著作，
桃李培植，
如先生，
人间少。

游学出国觅道。

望家乡，
烽狼燃烧。
中山厦大，
爱生如子，
杏坛独皎。
已是天明，
校长花绶，
海江挥棹。
译书《资本论》，
高山流水，
千秋不老。

注释：

1 王亚南（1901 年—1969 年），湖北省黄冈县人。中国著名的经济学家和教育家。一生出版著作、译作四十多部，发表文章三百多篇。王亚南在暨南大学、中山大学、厦门大学执教三十多年。1950 年—1966 年任厦门大学校长。在厦门大学经济学院大楼前屹立着王亚南的雕像，雕塑基座上篆刻着他的格言：我们应以中国人的资格来研究政治经济学。

2 佛寺盟言，携持大力：1928 年王亚南和郭大力在杭州大佛寺认识，两人合作翻译《资本论》，1938 年《资本论》第一、二、三卷先后出版，马克思的《资本论》有了第一个中文全译本。

七绝·贺厦大本栋火箭发射成功

科研火箭射苍穹，
本栋精神逐梦同。
百尺竿头行阔步，
芙蓉园里凤凰红。

注释：

萨本栋（1902 年—1949 年），出生于福建省闽侯县，物理学家、电机工程专家、教育家。1937 年—1945 年任国立厦门大学校长。厦门大学这次火箭发射以萨本栋命名，旨在致敬他为厦门大学建设发展所做出的卓越贡献。

忆江南·厦大百年校庆同学聚会

同窗好，
校庆曲央央。
学海百年潮涌长，
凤凰花秀四十芳。
诗茶酒齐香。

五绝·过厦大芙蓉园

杉树绕湖水，

芙蓉绽岸边。

书香学子过，

无复戏鹅闲。

醉花阴·厦大思源谷荷花

幽谷塘边风袅袅，
红菡萏含笑。
翠盖美人腰，
清露双莲，
苍鹭轻翔窕。

荷香弟子还忆了，
千里迢迢眺。
莲子宛如玉，
墨泥培植，
思念晨晖曜。

七律·缅怀邓子基教授

——纪念邓子基教授诞辰一百周年

当先财学一宗师，
垂老穷经身不疲。
传道授方崇创见，
栉风筚路系人思。
呕心解惑骊黄种，
立说著书桃李枝。
山翠水长精理继，
兰心蕙质亦生姿。

注释：

邓子基（1923 年—2020 年），福建沙县人，中共党员。厦门大学文科资深教授，著名财政学家、教育家、经济学家，专于社会主义财政理论研究。2017 年荣获首届中国财政理论研究终身成就奖，这是中国财政理论界的最高奖励。

沁园春·贺厦大金融百年暨张亦春教授从教六十周年

校亦有名，
师应有誉，
生并有贤。
看五老凌霄，
涧泉流淌，
培育乔木，
佑我学园。
许党谋国，
青春异彩，
岁月峥嵘人才看。
今朝数，
百年金融立，
别有新篇。

先生典掌教鞭。

春秋六十弟子同船。
望鹭江潮涌，
巨轮竞渡，
渊源学术，
奔浪拍岩。
笔落千字，
胸有万卷，
银行著作等身观。
体长健，
且老梅虬枝，
还斗樽前。

注释：

厦门大学金融系有着悠久的历史，其前身是1921年厦门大学商学部下设立的银行科，1928年又正式设立了银行系。厦门大学金融系已经走过了一百年辉煌的历程，现在金融系重点学科建设涵盖本科、硕士和博士研究生三个层次，以博士生导师、金融终身成就奖获得者张亦春教授为学科总学术带头人，以博士生导师为教学科研核心。

清平乐·厦门大学2021年草地音乐节

星星盏盏。
手把荧光灿。
笛子琵琶扬琴啭。
草地乐扬舞曼。

月亮之曲温馨。
夜空天籁之音。
街舞拉丁舞蹈，
学子挥洒青春。

注释：

1. 厦门大学2021年草地音乐节12月4日晚在思明校区演武场举行，乐曲悠扬，舞姿曼妙，师生们度过了一个美好的夜晚。
2. 月亮之曲温馨：指由厦门大学学生合唱团演唱的歌曲《月亮代表我的心》。

五绝·大学毕业季

衣帽漾柔雍，
手香芍药红。
校园留倩影，
笛奏看霞东。

望海潮·商海领航人

——贺厦门大学 EMBA 二十周年

芙蓉湖畔，
白城沙雁，
帆船出海慈航。
嘉庚校主，
师兄景润，
凤凰莺啭霞光。
三尺讲台长。
恰海阔天空，
甘露流香。
窗晓几净，
勤贤思墨读书忙。

我心鹭江洋洋。
为吾国放彩，
操钥发藏。

波面巨鲸，
横流沧海，
掌舵指引千樯。
使命大河行。
忆春秋风雅，
厦大时光。
还青山伴我，
日钓老鱼塘。

破阵子·大学生军训

迷彩队旗齐整，
战歌号令连营。
拉练征途身手健，
虎跃龙腾军体形。
沙场秋练兵。

学子崇尚荣誉，
国防需有新生。
势如长刀能破竹，
飒爽英姿喊杀声。
精忠报国诚。

苏幕遮·厦大思源谷之秋

蔚蓝天，
茵草地。
小楫轻舟，
池上青莲翠。
山映夕阳亭外水。
绿叶多情，
夏不生离意。

画笔挥，
垂钓渭。
清涧兰花，
美人蕉低睡。
红豆杉香高树起。
彩蝶飞飞，
还顾秋光美。

七绝·大学新生乒乓球比赛

学生挥拍比拼来，
跳跃白球蓝色台。
转换攻防凭智勇，
夺金喝彩响如雷。

七绝·观话剧《哥德巴赫猜想》

熠熠登台景润来，
前贤浇灌育人才。
险峰苦战明珠摘，
科学春天百卉开。

注释：

1. 话剧《哥德巴赫猜想》以著名数学家、厦门大学杰出校友陈景润为主人公，全剧围绕陈景润攻克哥德巴赫猜想这一世界级数学难题展开。
2. 前贤指王亚南（厦门大学原校长）和华罗庚（中国科学院数学研究所原所长）。

七绝·重阳西山行

霏霏细雨碧山行，
峙立老桥芳草青。
百紫千红秋色绚，
一花一木总关情。

七绝·山谷茶花

山谷茶花次第开，
嫣红洁素凛寒来。
曙光初照倍娇艳，
叶绿蕊黄多雅怀。

注释：

2022 年新年来临之际，厦门大学思源谷山茶花艾美特、紫金冠、大彩云、彩海姑娘诸多品种姹紫嫣红，争芳斗艳。

七绝·校园的黄花风铃木

画里千寻一树裁，
金黄朵朵映天开。
风铃本是有情物，
灿灿笑容花信来。

长相思·母校凤凰花

——入学季

凤凰花，
凤凰花。
一树红花灼日华，
东风碧海佳。

相思发，
相思发。
龙跃八方弟子达，
学园出彩霞。

长相思·母校凤凰花

——毕业季

囊萤光，
映雪光。
一树鸣凤读书香，
学海知无央。

博学扬，
笃行扬。
凤鸟高节心远翔，
吾生当自强。

注释：

囊萤、映雪、博学、笃行：为厦门大学教学楼和校舍，里面包含丰富的古典文化内涵。

江城梅花引·厦大思源谷踏春寻梅

白鸥问我踏春游？
去缘由。
溯源由。
湖镜春堤，
梅笑在枝头。
疏影挺然黄色露，
镜头对，
斗婵娟，
忆旧游。

秋游。
夏游。
梅在否？
清香留。
玉蕊浮。
梦里顾访，

格素洁，
凛凛风流。
孤耿幽情，
似被画帘钩。
只恐百花时自落。
南圃里，
丽人成，
岂有愁。

七绝·同窗抗疫网络猜谜

瘟瘴横行在室闲，
重拾童趣解谜玩。
待期天使扫妖日，
再饮屠苏庆凯旋。

定风波·正月同窗鹭岛团聚

同学情怀似酒浓，
新年团聚饮千钟。
人事风光心已识，
奋力，几多烟雨舟棹通。

万物静观皆有别，
欣悦，四时佳兴所思中。
大海涛声春色盎，
远望，陌头梅柳晚霞红。

注释：

1. 四时佳兴所思中：引自《淮南子·本经训》："四时者，春生夏长，秋收冬藏，取予有节，出入有时，开阖张歙，不失其叙，喜怒刚柔，不离其理。"
2. 陌头梅柳晚霞红：引自唐朝杜审言《和晋陵丞早春游望》："云霞出海曙，梅柳渡江春。"

鹧鸪天·教师节抒怀

东风桃李满园瓜。
杏坛立命写年华。
比肩雏燕飞新地，
展翅鲲鹏翔海涯。

晖教苑，捧鲜花。
园丁耕学校为家。
传道授业恩师在，
乐为神州育绿芽。

满庭芳·相聚园博苑

云淡风轻，鸥飞鹭起，垂杨依恋亭前。
桃开梅绽，琴韵在芳园。
笑语师生同乐，拱桥上，留影开颜。
杏林阁，登楼远眺，江阔驾帆船。

春雷时震响，恢复高考，培养勤贤。
感恩回母校，思绪联翩。
改革大潮涌起，不须问，奋楫当先。
江南好，绿波流水，更立月儿环。

注释：

这首词回忆厦大 77 级财政金融专业同学参加母校恢复高考三十周年纪念活动，并在 2008 年 1 月初来到厦门园博苑。

卷六

家乡家人

七律·泉州古城刺桐花

清景山中烟雨晨，
江滨夹道竞开新。
枝头灿灿红霞满，
树杪盈盈绿叶匀。
春到刺桐南国艳，
年丰题咏圣贤神。
今朝火伞又烧眼，
携友瞻观有世亲。

沁园春·海丝文化古城：泉州

天风江涛，
佛国圣人，
岂不乐之。
正桃花雨润，
红飞香阁，
柳丝风软，
绿映芳堤。
弘道经书，
大儒朱子，
宝觉书院古苍枝。
祈风者，
九日山石刻，
重九衔杯。

异邦马可来时。
刺桐港，

峥嵘景致奇。
爱东西双塔，
桑莲法界，
南北两街，
烟火云堆。
清净膜拜，
洛阳桥览，
老子清源端座思。
看今日，
见千帆竞发，
飘展红旗。

注释：

1. 宝觉书院古苍枝：宝觉书院位于泉州海印寺，由宋朝大儒朱熹创立。
2. 异邦马可来时：意大利旅行家、商人马可·波罗在《马可·波罗游记》中记载他到过泉州。
3. 清净膜拜：清净寺又名“圣友寺”，位于泉州，始建于北宋大中祥符二年（1009 年），是中国现存最早、最古老的伊斯兰教寺院之一。

宴桃源·重阳九日山登高

秋风拂面刻文留。
携来朋辈游。
老根龙眼在芳洲。
峦光翠欲流。

歌浩浩，念悠悠。
衣冠南渡舟。
晋人登眺望乡愁。
故园固始讴。

注释：

九日山位于泉州晋江金溪北岸。西晋衣冠南渡后，聚居晋江的中原士族、固始县移民，每逢重九，登山怀乡，因以得名。九日山摩崖石刻中有十三方海外交通及祈风石刻，尤为珍贵。

古风·题泉州开元寺

巍巍东西塔，
念念黄公慈。
漫漫岁月古佛国，
青青老桑枝。
源源邹鲁地，
鼎鼎朱熹词。
悠悠年华出圣人，
袅袅南音姿。

注释：

黄公指捐出桑园建开元寺的施主黄守恭。

行香子·闽南春节

爆竹声飞，梅屋楹联。
鲜衣穿，红蔗丰年。
围炉守岁，迎客汤丸。
看莺儿歌，燕儿舞，蝶儿翩。

故乡春柳，情深依恋。
发糕甜，糖果珍盘。
荷花灯举，南曲婵娟。
愿人长健，地长绿，月长圆。

青玉案·闽南元宵

刺桐春望花迎路。
謦箫响，
狮龙步。
火鼎公婆拍胸舞。
南音婉转，街头戏鼓。
木偶提掇处。

今夕明月描朱户。
焰火腾空彩灯树。
汤沸圆熟节庆度。
改革年代，
金樽词赋。
欢乐神州富。

天仙子·闽南端午赛龙舟

鼓乐连天旌帜开。
点睛龙舟出水来。
棹飞劈浪勇夫排。

奋夺标，
当歌哉。
红艳榴花情满怀。

水调歌头·闽南中秋

明月皎皎白，
仙子弄青衣。
鹭江沿岸，
夜色高处彩霓奇。
我欲踏歌而上，
来访百家千户，
欢乐众祥辉。
月饼共君品，
阖境在今时。

花万树，
狮龙舞，
古音姿，
状元何处？
圆碗骰子博先机。
我为华年举盏，

亲友同窗相会，
邀月一同祈。
海上玉盘转，
长语不思归。

卜算子·调寄五十年前的泉州天后宫暨初中校园

白云挂松枝，
斜日铺操场。
课室师尊书声琅，
青岁仍清亮。

心有一缕香，
每忆常惆怅。
还梦举子踏槐花，
紫燕啄泥往。

卜算子·忆夏日泉州晋水横渡

我是弄潮儿，
家在江之傍。
刺桐花开红艳艳，
古老刺桐港。

晋水白茫茫，
云淡千帆桨。
听远涛声如鼓起，
勇渡江河涨。

七绝·故乡横街古井

少年挑水来甘井，
古巷红墙人语情。
汩汩清泉供百室，
故乡岁月曲儿轻。

少年游·母校振兴小学

横街振兴，
红砖讲室，
年载薪柴光。
梧桐挺立，
一河清漾，
韶岁师尊长。

朝霞满眼，
书声琅琅，
红领巾飘扬。
赛场英姿，
野寺郊影，
歌咏也飞梁。

南乡子·小学入学六十周年团聚

泛棹碧波平，
清源山巍晚霞明。
同侣西湖携手往。
相迎，
刺桐阁前刺桐生。

明月诗家兴，
手把照片看不恒。
阵阵惠风扑脸过。
深情，
美酒金樽敬友朋。

古风·岭上梅花

疏影横斜巧裁剪，
红妆素裹自暄妍。
严霜染枝精神长，
飞雪凌朵风骨坚。
骚人诗赏东阁满，
古笛三弄柴门前。
问君哪得千里香，
暖日活水入新年。

虞美人·惠安女

惠东信是闽南美。
波澜帆千里。
髻花渔妇彩衣谐。
晒网推船沙滩，
踏浪来。

石房古井灯初上。
小曲谁家唱？
打鱼担蛎欲归时。
海上一轮明月，
思相离。

渔歌子·开渔季

彩旗飘，
船歌起。
千帆竞发洪波里。
水为乡，
山色紫。
渔父风湾无际。

碧烟中，
抛网对。
垂纶钓客灯船尾。
蟹恰肥，
鱼正美。
几度晚霞逝水。

临江仙·怀念祖父

忆昔墓前亲人祭，
忧怀祖父身形。
长沟流月细无声。
凤琶音逸响，
茉莉向开荣。

四十载华英执教，
爱生如子亲庭。
诗文史籍合通精。
魂兮归不得，
桃李蕙风情。

注释：

祖父黄则滋（1900 年 1 月 19 日—1960 年 1 月 4 日），福建泉州人。祖父在菲律宾长期从事华文教育，任菲律宾那牙市华英中学校长，诗文、历史、书法、编剧俱佳，擅长南音，弹得一手好琵琶，是菲律宾爱国侨领陈永栽先生的老师。2006年春节，余一家人随父母去那牙市，在祖父墓前扫墓祭祖。

浣溪沙·思念祖母

谁念西风小阁凉。
横街老妪闭明窗。
髻花善目立斜阳。

黑炭竹炉辉映火，
白苹莼鲫饭蔬香。
祖母疼爱合亲常。

金缕曲·怀念父亲

青玉兰高看。
茶花白，
墨痕窗映，
忆人神黯。
黉门学生国首届，
厦大执教桃绽。
紫云祖，
鲤城飞燕。
晋水苍茫双塔立，
晨唱雄鸡沐阳春暖。
人厚载，
教书典。

浮生剪影，
著作观。
《道德经》，

长波万顷，
老君初探。
椰树窗前研琢磨，
菲岛永栽师伴。
骥伏枥，
芳洲踏遍。
传授唐诗开元曲，
探究国学海鸿声远。
心似水，
永怀念。

注释：

父亲黄炳辉（1931 年 11 月 27 日—2019 年 12 月 24 日），福建泉州人。1955 年毕业于厦门大学中文系，为共和国首届毕业生，并留校任教。1988 年评为厦门大学中文系教授，在厦门大学任教四十年，享受国务院特殊津贴。1995 年赴菲律宾，成为菲律宾爱国侨领陈永栽先生的私人教师，大力传播中华文化。其出版的著作（包括和陈永栽合著）主要有：《唐诗学史述论》《国学研究论稿》《唐诗人才漫话》《老子章句解读》《文史经典解读》《旅菲文史随笔》《椰风窗前共琢磨》《浮生剪影》。

浪淘沙令·贺母亲八十五周岁生日

举意庆南松。
共祝慈躬。
桑莲晋水鲤城中。
冰镜玉壶勤理事，
亲睦融融。

人世路峥嵘。
爱敬无穷。
白衣天使对党忠。
妇幼妙诀扶生命，
花簇刺桐。

西江月·怀念岳父

澹澹演武池畔，
青青西苑花坛。
《西江月》笔墨常篇。
酒盏满盈思恋。

榕城三山世胄，
游击队伍青年。
厦大黉校外交官。
海燕飞翔波澜。

江城子·贺岳母九十寿诞

金陵水岸草青平。
乳莺鸣。
芙蓉生。
风雨钟山，
南下大军行。
厦大学宫英才育，
争春秋，
凯歌听。

嘉禾山黛花蝶倾。
鬓成星。
晚霞明。
齐贺寿星，
儿女共心盟。
维岛鹭江皆有情，
南山松，
养怡形。

八拍蛮·高家姑娘在海边

旭日跃升天湛蓝，
鹅石铺满路光圆。
笑靥英姿心手巧，
潮波海色在谁前。

七绝·赠孙子两周岁生日

香岛新出小凤雏，
紫荆园里立枝株。
自强年少需精志，
长策要读五车书。

苏幕遮·贺孙女五周岁生日

小精灵，
荷芰举。
蓝裤白衫，
上课背包去。
朗诵《伞花》童雅语，
黄鸟初啼，
宛若诗才女。

羽球妮，
歌舞趣。
灰鼠棕熊，
掌上玩朋侣。
学富五车书海旅，
时月珍惜，
长在春辉煜。

七绝·贺小孙女参加香港国际音乐中秋嘉年华演出

皓月一轮辉玉霄，
音清悠扬响香岛。
提琴曲拉气神凝，
新竹翠枝节节好。

七绝·香岛家中过年

盛饰亮姿庆团圆，
雅孙笑指美食筵。
桂华流瓦月明夜，
灯盏灿然盼丰年。

凤凰台上忆吹箫·红宝石婚礼赞

还忆当年，
两情相悦，
绿棕丹树句留。
厦大园初见，
蜜炬红羞。
相敬茶瓯同过，
思往昔，
皎月如钩。
狮山顶，
香江碧水，
后辈轻舟。

悠悠。
惠风拂面，
行百万征帆，
改革潮流。

我献青春力，
更上层楼。
花绽开莺飞看，
齐唱鸟，
新语枝头。
聊容以，
诗人案前，
一展双眸。

卷七

感事抒怀

水龙吟·孔子

抬头泰岳之巅，
圣人可称经纶手。
神州父老，
曲阜家景，
弦歌雅旧。
《论语》传承，
大家师表，
思潮不朽。
看尼山论坛，
和而不同，
各其美，
君欣否？

仰望七星北斗，
溯春秋，
慧星宇宙。

一国布衣，
勤学执礼，
高坛传授。
行道列国，
六经编撰，
太学深厚。
望中华奋起，
先哲智慧，
东风透。

注释：

1. 孔子（公元前 551 年—公元前 479 年），字仲尼，东周春秋时期鲁国人，出生在山东曲阜。孔子是我国伟大的思想家和教育家，儒家学派创始人，是世界最著名的文化名人之一。
2. 圣人可称经纶手：经纶原意为整理乱丝，引申为处理政事，治理国家。《易·屯》“云雷屯，君子以经纶”。
3. 看尼山论坛：首届尼山世界文明论坛 2010 年 9 月在孔子诞生地曲阜尼山举办，论坛以“和而不同与和谐世界”为主题。

临江仙·屈原

咏叹《离骚》知屈子，
湘江水仙寻踪。
行吟泽畔社稷忠。
楚天风雨聚，
端午碧花红。

举世混浊君独清，
变法图强心同。
大河涛怒问长空。
美人香草启，
《橘颂》永年崇。

七律·访贾谊故居

历代名流来此访，
贾生情结久绵长。
春园茵席人归去，
秋圃亭台古井凉。
宏论过秦思汉室，
雅篇屈子传潇湘。
巍然岳麓红云处，
百鸟争鸣照夕阳。

注释：

1. 贾谊（公元前 200 年—公元前 168 年），河南洛阳人，西汉杰出的政论家、思想家、文学家，世称贾生。所著《过秦论》《治安策》等成为历代帝王、谋臣必修之典籍，贾谊所撰写的《吊屈原赋》《鹏鸟赋》开汉赋之先河。
2. 贾谊故居又名贾太傅故宅，被誉为湖湘文化的重要源头。公元前 177 年—公元前 174 年，贾谊任长沙王太傅，居此三年有余。两汉以来，来到此处的历代名流留下了数以千计的诗词歌赋。

五律·咏陶渊明

——次韵陶渊明归园田居·其三

彭泽绛云卷，
田园豆谷稀。
不为求斗米，
犹作荷锄归。
心有桃花国，
身宁白苎衣。
常怀《山海经》，
辞位愿无违。

长安诗人组诗

——观电影《长安三万里》

七绝·曲江歌吟喧

梦笔长安三万里，群星璀璨夺骄美。
曲江芙月歌吟喧，风雪灞桥春色绮。

七绝·李白

鹏鸟翱翔九天上，诗仙斗酒咏千篇。
剑光起舞三通鼓，直挂云帆破浪船。

七绝·杜甫

诗圣泰山凌绝顶，七龄咏凤远游乡。
三吏三别潸然作，爱国忧民笔底伤。

七绝·高适

大漠雪中登虎帐，英姿白马弄银枪。
三军边塞战功赫，高适凯旋诗满乡。

七绝·王昌龄

塞门羌笛月光寒，万里从军人未还。
百战黄沙穿战甲，昌龄圣手写边关。

七绝·王之涣

边塞凉州王之涣，黄河入海日光晚。
旗亭画壁排诗名，鹳雀楼高登望远。

七绝·王维

摩诘登科马蹄疾，岐王府上献诗佳。
辋川弹曲倍相忆，云起水穷明素怀。

七绝·孟浩然

田园诗卷孟夫子，布素风流山水家。
愧色不才明主弃，农庄把酒话桑麻。

七绝·崔颢

千古绝伦黄鹤楼，崔颢李白雅篇留。
盛唐代有骚人出，河岳英灵歌浩流。

鹤冲天·柳永

金鹅峰嶂，
称白衣卿相。
诗故里崇安，
青年样。
会试风云变，
机偶落黄金榜。
烟花小巷，
寒蝉凄切。
暮岁至屯田郎。

雅俗并蒂，
推慢词革新畅。
处处柳词歌，
井边访。
秀淡幽情真爱，
听其曲，

闻其状。
吟生活趣尚，
市井羁愁。
举盏浅斟低唱。

注释：

1. 柳永（约 984 年—约 1053 年），崇安（福建武夷山）人，宋代词人。婉约派的代表人物。以屯田员外郎致仕，故世人称柳屯田。柳永是第一位对宋词进行全面革新的词人，也是两宋词坛上创用词调最多的词人，对宋词的发展产生了深远的影响。
2. 会试风云变，机偶落黄金榜：在进士放榜时，宋仁宗说，既然要浅斟低唱，何必在意虚名，遂刻意把柳永的名字划去。讲“且去填词”。自此，柳永在词中自诩为“白衣卿相”，并“奉旨填词”。
3. 处处柳词歌，井边访：南宋叶梦得《避暑录话》记载：“凡有井水处，即能歌柳词。”
4. 秀淡幽情真爱，听其曲，闻其状：苏东坡有幕士善歌：因问：“我词何如柳七？”对曰：“柳郎中词，只合十七八女郎，执红牙板，歌‘杨柳岸，晓风残月’；学士（苏轼）词，须关西大汉，铜琵琶，铁绰板，唱‘大江东去’。”

水调歌头·苏东坡

东坡出眉山，
科举动京周。
母慈教诲，
汉书家学范滂猷。
一简功成名就，
可惜时宜不合，
垦植在黄州。
芒鞋轻胜马，
绿树任平浮。

明月照，
乔木老，
大江流。
致君行道，
天地来处有芳洲。
山翠步云登览，

诗卷画图溢彩，
鸿爪雪泥留。
杯酒士君子，
不拜受封侯。

注释：

1. 苏轼（1037 年—1101 年），字子瞻，号东坡居士，眉州眉山（今属四川省眉山市）人，北宋文学家、书法家、画家。父苏洵，弟苏辙，父子三人并称为“三苏”。
2. 杯酒士君子：黄庭坚曾经评价苏轼云：“东坡百世士”（《跋子瞻和陶诗》）。

永遇乐·辛弃疾

烈日秋霜，
辛悲味道，
情在何处。
举抗金旗，
北人南渡，
千古归来去。
金戈铁马，
美芹十论，
心被北门留住。
有带湖瓢泉可饮，
还梦气吞如虎。

词中之龙，
横放杰出，
豪气干云人顾。
看了吴钩，

旌旗弓箭，
北望神州路。
眼光有棱，
背胛有负，
帅令号声鼙鼓。
天下英雄多少事，
还曾记否？

注释：

1. 辛弃疾（1140年—1207年），字幼安，别号稼轩，山东济南人。南宋官员、将领、豪放派诗人。
2. 美芹十论：辛弃疾呈报朝廷抗金北伐的建议。
3. 带湖、瓢泉：辛弃疾在江西上饶分别建造的新居庄园。
4. 眼光有棱，背胛有负：陈亮评价辛弃疾“眼光有棱，足以照映一世之豪。背胛有负，足以荷载四国之重”。

水调歌头·朱熹

不见朱夫子，
谁解武夷山。
方塘清水，
七星铅脸在穹端。
主簿同安出仕，
创立社仓恤闵，
《大学》帝王篇。
恰似林间翮，
倦鸟远飞还。

兴宋业，
思今古，
笑鬓斑。
天心明月，
师道孔孟继伊川。
鹅湖旧文辩议，

岳麓新知培养，
白鹿院规源。
集注四书炬，
千载照峰峦。

注释：

1. 朱熹（1130 年—1200 年），字元晦，出生于南剑州尤溪（福建省尤溪县）。据说出生时右眼角长有七颗黑痣，排列如北斗。南宋时期的理学家、思想家、教育家、诗人。
2. 大学帝王篇：指 1294 年 10 月奉诏朱熹向宋宁宗进讲《大学》，强调格物、致知、诚意、正心、修身、齐家、治国、平天下。
3. 白鹿院规源：指朱熹制定的白鹿洞书院学规，即白鹿洞书院揭示。

桃源忆故人·朱张古渡口

橘洲船泊朱张渡。
一片草芳疏雨。
水阔潮平长浦。
杨柳楼亭处。

文津道岸言传去。
儒学弟徒无数。
眼见翠峰红树。
胜迹传千古。

注释：

朱张渡位于长沙市天心区。朱张渡的名称是为了纪念宋代两位理学大师朱熹、张栻，他们在“朱张会讲”时经常在此渡口乘船往来，众多学子求学问道也是多经过此渡口。渡口在湘江两岸各有一个牌坊，东岸为“文津”，西岸为“道岸”。

七绝·函谷关

东来紫气过秦关，
老子青牛到此间。
道德经文誉天下，
雄鸡高唱好河山。

临江仙·陆游

少年骑马咸阳道，
行梁州觅封侯。
位卑忧国岂能休。
铁衣惜梦断，
身老在沧州。

沈园春色宫墙柳，
桃花哀转堪愁。
伤心桥下漾清幽。
九州不见同，
鬓雪泪空流。

注释：

1. 陆游（1125 年—1210 年），字务观，号放翁，越州山阴（今浙江绍兴）人，尚书右丞陆佃之孙，南宋文学家、史学家、爱国诗人。

2. 沈园春色宫墙柳：沈园故址在今浙江绍兴禹迹寺南。陆游娶表妹唐婉，后来离异。十余年后，陆游春游，在沈园遇到赵士程唐婉夫妇，因为伤感在园壁题下《钗头凤》，唐婉看后悲伤不已，也依律赋一首《钗头凤》，唐婉不久抑郁而终。陆游十分哀痛，回来又多次赋诗忆咏沈园。

七律·郑成功

村野焚香吊海鸿，
陵园草色拜英雄。
壮心抗清强风起，
驱逐荷夷为大功。
固始望乡柏庭翠，
钱师传道国卿崇。
披荆斩棘复台岛，
赤县父兄怀义公。

注释：

1. 郑成功（1624 年—1662 年），福建泉州南安人，祖籍河南固始县。明末清初的军事家、民族英雄。
2. 钱师传道国卿崇：1644 年，郑成功进入南京国子监深造，师从江浙名儒钱谦益。

七律·林则徐

南海涛声北漠风，
一身刚正亦英雄。
水河治理千年迹，
振臂销烟万世功。
编译四洲新照眼，
心丹利国死生同。
口碑载道人心在，
星耀苍生忆大忠。

注释：

1. 林则徐（1785 年—1850 年），福建侯官县人，清代后期的政治家、文学家、思想家、民族英雄。
2. 编译四洲新照眼：指林则徐主持编译的《四洲志》，范文澜评价林则徐是近代中国睁眼看世界的第一人。
3. 心丹利国死生同：指林则徐诗句："苟利国家生死以，岂因祸福避趋之。"

浣溪沙·纪念弘一法师圆寂八十周年

一片明霞照海涯。
大师文艺众人随。
勿忘念佛救时危。

交集悲欣花落木，
律宗重振燕归依。
小山丛竹独徘徊。

注释：

1. 李叔同（1880 年—1942 年），出生于天津，祖籍浙江嘉兴平湖，是著名音乐家、美术教育家、书法家、戏剧活动家。后来剃度为僧，号弘一，后人尊称弘一法师。
2. 勿忘念佛救时危：弘一法师在抗日战争爆发后多次提出“念佛不忘救国，救国必须念佛”的口号，表现了深厚的爱国情怀。
3. 小山丛竹独徘徊：泉州小山丛竹书院晚晴室是弘一法师圆寂之处。

采桑子·重阳

人生几度重阳庆，
东圃花黄。
东野花黄。
金蕊霞辉绿蚁香。

江山如画千秋秀，
枫叶凝霜。
枫木凝霜。
登高极目看晓光。

七绝·题故宫千里江山艺术折扇

千里江山一扇间，
宝藏古画展新颜。
和风细细手中摇，
只此青绿在世寰。

注释：

1.《千里江山图》是北宋王希孟创作的绢本设色画，现收藏于北京故宫博物院。

2.《只此青绿》是一部舞绘《千里江山图》的舞蹈诗剧，2022 年该剧选段登上春节联欢晚会。

清平乐·贺香港回归祖国二十五周年

太平山顶。
云起霾除净。
望静谧香江流庆。
日照朗清胜境。

龙舞欢乐祈年。
奋楫风正向前。
同脉同源同道，
金紫荆树花妍。

清平乐·香港故宫文化博物馆建成展览

维港湾畔。
金色方鼎馆。
珍宝明窗文脉看。
朱户门钉壮观。

兰亭八骏风骚。
定窑景瓷多娇。
宛若天孙新巧，
花满香岛妖娆。

注释：

1. 兰亭：指王羲之《兰亭序》。
2. 八骏：指传世名画《八骏图》。
3. 景瓷：指景德镇明、清御窑瓷器。
4. 天孙：指传说中巧于织造之仙女。

南歌子·贺香港诗词楹联学会成立

砚洗香江水，
毫萦狮山烟。
紫荆旗帜染红鲜。
赤县情怀，
骚客托吟笺。

国运催诗运，
词宏震九天。
珠骊东海谱新篇。
俊彩星驰，
群士抒唐年。

注释：

狮山：指香港狮子山。

七绝·香港和内地首日通关

花捧怀中小童抱，
亲人相见泪潸然。
关门开放抗时疫，
万户华佗能胜天。

行香子·香港海洋公园暑中行

碧水蓝天，人语熙熙。
南朗山，旖旎珍移。
夏花绚绚，绿树依依。
向恐龙径，水族馆，鳄鱼池。

企鹅寂寂，海豚跃跃。
过山车，滑浪船追。
亲朋天地，笑意嬉嬉。
见鸟啼啼，鱼戏戏，蝶飞飞。

七绝·贺厦门市诗词学会成立三十周年

别标嘉禾引时尚，
高吟盛世庆登场。
骚坛旗帜有来者，
唐宋诗风再发扬。

七律·贺厦门市诗词学会第七次会员大会召开暨第七届理事会、监事会产生

黄钟大吕立基业，
聚会鹭门开素襟。
好向诗坛树旗帜，
更从文阵奏佳音。
经霜老杏无寒色，
沐旭新桃有绿荫。
我意探骊采珠玉，
同心协力百家吟。

点绛唇·竹笛女神唐俊乔演奏《山坡坡》

竹笛横吹，
鲜衣悦目新梳洗。
乐音响起。
回旋声盈耳。

轻启朱唇，
演奏山坡事。
情如水。
悠扬婉美。
花好春歌里。

清平乐·李蓬蓬九霄环佩古琴演奏《高山流水》

高山溪渺。
盼到春来了。
环佩九霄知音晓。
仁者智者相好。

松园端坐青纱。
古琴轻抚丽佳。
悠远婉谐独秀，
清泉涌激风华。

画堂春·读书

小斋书室荷池幽。
晚风起，绿茶浮。
彩笺篇籍惠灯头。
清节冰瓯。

一树榴花明画烛。
沧浪阔，读书舟。
兰香芬郁夜来秋。
更上西楼。

七绝·金融春雨润春耕

烟暖园庐民气动，
一犁春曲闹农耕。
金融雨润作田务，
稻谷飘香好景成。

七绝·忆 1988 年全国审计系统青年学术研讨会

梅绽京城杏苑芬，
青年才俊写论文。
敢为审计献微策，
鼓角争鸣灿若云。

注释：

1988 年 1 月在北京召开了全国审计系统青年学术研讨会，各省审计局推荐一名代表出席会议。本人被福建省审计局推荐为代表参加会议，论文在会议上进行交流。

如梦令·榕江乡村足球赛

飞步足球自控。
场地助威雷动。
万众看村超，
载道舞烟花弄。

豪纵。
豪纵。
一代草根之梦。

注释：

贵州省榕江县“和美乡村足球超级联赛”火爆，引发大家对“草根足球”的广泛关注。

探春令·香港甲辰春节

香江龙跃载歌丽。
贺甲辰新岁，
爱心笑脸烟花里。
闹花市，
红灯美。

姑娘俊弟都神气。
拜年红包启。
骏马奔放，
道游花车戏，
妙舞升平意。

探春令·江城梅花

江城春信问梅花，
故园东湖里。
淡幽香，
展疏枝霞绮。
嫩红间，
风流意。

一株独秀千花起。
引黄鹤楼美。
愿倾城，
见傲霜凌雪，
女神出，
琼瑰蕊。

忆秦娥·大唐金龙

——观陕西历史博物馆唐代赤金走龙

贺春节。
文昌六小金龙杰。
金龙杰。
大唐遗宝，神形称绝。

沉辉大地千年别。
农耕赤县黄龙崛。
黄龙崛。
天然绚丽，华夏之烨。

卷八

二十四节气诗

七绝·立春

——花溪行

小桥芳草绿重重，
又见梅花朵朵红。
一涧清泉鱼聚戏，
树香林秀日当空。

望江南·雨水

江南雨，
沥沥岭云思。
古赋还书鱼祭祀，
今朝人望雁归移。
春陌杏花时。

鹧鸪天·惊蛰

二月惊雷震山灵。
林中黄鸟涧溪鸣。
岸边垂柳依依绿，
陌上桃花灿灿生。

暖阳照，沃田青。
犁出土润闹农耕，
春回原野勤播种，
稻麦金秋五谷丰。

五绝·春分

——校园小径

小径每登临，
幽隅景色亲。
日盛花更媚，
林密鸟鸣新。

七律·清明

——遥祭轩辕黄帝

华夏清明草自茵，
轩辕祭拜柏庭森。
黄河波浪连天涌，
秦岭风云接地新。
鸿雁行行游子泪，
远帆片片故园心。
江山如画凯歌奏，
再唱金瓯一统音。

七律·谷雨

池塘萍绿随风发，
园圃芬芳牡丹嘉。
拂羽斑鸠鸣谷底，
鸡冠鸟舞踏桑家。
才尝东岭椿芽甲，
又品西山新采茶。
今日应书仓颉字，
腹藏诗本气增华。

点绛唇·立夏

满目青林，
小园花落知多少。
声声鸣鸟。
千啭仪姿好。

飞舞蝴蝶，
三角梅正俏。
看故道。
一庭芳草。
紫燕衔泥到。

七绝·小满

苦菜陌前吹百草，
润叶枝杪啭黄莺。
杏熟梅密枇杷露，
一啜麦花坪上行。

五绝·芒种

伯劳鸟语长，
田野遍插秧。
爱此梅天润，
户庭新麦香。

五律·夏至

河洛麦收月，
江淮梅雨天。
翠荷方吐艳，
绿树已含烟。
碧水映垂柳，
亭湖鱼聚欢。
农歇煮新面，
举盏对别筵。

五律·小暑

炎节温风至，
暑时热浪来。
竹青才看雨，
荷翠又听雷。
户壁爬灰蟀，
亭阶长紫苔。
南天千里阔，
鹰击莫相催。

五律·大暑

盛夏小蝉踪，
荷香十里东。
瓜桃筵远客，
儒道感知同。
把盏邀明月，
倚栏萤草中。
晚来清簟伴，
晨起看花丛。

五绝·立秋

方见梧叶落，
又听秋燕鸣。
悠然登眺去，
林壑有泉亭。

七绝·处暑

古调逢秋忧寂寥，
丰登稻谷喜今朝。
云淡风轻苍鹰上，
满眼诗情到碧霄。

七绝·白露

月色盈盈秋露霜，
友人在浦又葭苍。
疏林时见高飞鹤，
白露茶煎独自香。

西江月·秋分

——中国农民丰收节

田野稻花飘漾，
漫山果树延绵。
流金大地说丰年。
收割机声一片。

喜悦洋洋脸上，
秧歌锣鼓村前。
重农固本富民天。
开岁芝麻乐见。

五律·寒露

娟娟芦荻动，
袅袅细风中。
白鹤群嬉戏，
枫林尽染红。
江滩采蛤去，
学府觅芙蓉。
往事一杯酒，
入怀秋意浓。

七绝·霜降

千里田畴莹冰见，
黄栌霜叶一时增。
累累红柿压疏木，
好景秋山今日登。

五绝·立冬

微风拂翠塘，
庄稼喜收藏。
鲜衣以相揖，
花红未见霜。

五绝·小雪

地白风吹拂，
雪飘来掩扉。
阁东萦吟思，
静待暗香归。

五绝·大雪

素裹随风积，
竹枝敲玉花。
片时堆雪窖，
喜盼好年华。

五绝·冬至

冬至日初长，
一天增一线。
窗明九九图，
梅萼迎春燕。

七绝·小寒

寒月老家江起风，
竹炉黑炭火初红。
忆昔祖母桌前坐，
慈爱千千泪满瞳。

七律·大寒

蓝鹊跃飞听雁号，
独留窗下静思劳。
风吹鹭水霜威重，
日映衡山雪意高。
长夜尚知诗效力，
大寒需饮酒增豪。
楼前寂寞灯花少，
尤对书中托素毫。

后　记

晋水之滨，鹭江之畔，沐浴着共和国初升的朝阳，一路走来。“不学诗，无以言”。学习用诗歌来讴歌红色江山、时代风云、美丽家园，赞美英雄人物、校园风采、家乡家人，这是我感事抒怀的初心。

《刺桐花集》和大家见面了。刺桐花鲜艳红火，环境的适应能力强，象征着吉祥富贵、坚贞不屈。刺桐花是故乡泉州市的市花，在母校厦门大学的隆冬季节里也经常看到树枝上开放的刺桐花。这也就是这本诗词集将之命名的缘由吧！

《刺桐花集》共有八卷，包括：红色传承、情系山河、时代风云、田园诗画、校园风采、家乡家人、感事抒怀、二十四节气诗。主要是近几年创作的诗词。

刘勰在《文心雕龙·原道》中说：“仰观吐曜，俯察含章，高卑定位，故两仪既生矣。惟人参之，性灵所钟，是谓三才。”刘勰通过文、自然之道、和圣三者之间的关系，阐述人文的起源及发展。他的这些观点对今天的诗词写作仍然具有深刻的借鉴意义。“天若有情天亦老，人间正道是沧桑”，写出新时代的人间正道是当今诗词作者的重要责任。

刘勰在《文心雕龙·风骨》中说：“……故辞之待骨，如体之树骸；情之含风，犹形之包气。结言端直，则文骨成焉；意气骏爽，则文风清焉。”诗人在自己的作品中可以形成独特的风格，但是作为情和辞最高要求的风骨是对诗词作品的总体要求。因此，我们在诗词写作中，也要善于运思谋篇，把握诗词骨力，增强诗词清风，才能够写出时代气息浓郁的作品。

本诗词选有两百多首诗歌，包括古风、五绝、五律、七绝、七律和词，采用了五十多个词牌进行写作。在2022年4月前使用韵书是中华通韵，之后使用的韵书是平水韵和词林正韵。

王国维先生在《人间词话》说：“无我之境，人惟于静中得之。有我之境，于由动之静时得之。故一优美，一宏壮也。”他还说：“……故能写真景物、真感情者，谓之有境界。否则谓之无境界。”作为一个诗词写作者，都处于有我之境和无我之境之中，但生活在一个伟大的时代，我更希望自己能够处在有我之境，力求写出真景物和真感情。

厦门诗人，与您有约。厦大学子，母校之歌。

黄友仁癸卯冬至

图书在版编目（CIP）数据

刺桐花集：黄友仁诗词选 / 黄友仁著 . -- 北京：作家出版社，2024. 5

ISBN 978-7-5212-2764-2

Ⅰ. ①刺… Ⅱ. ①黄… Ⅲ. ①诗词 – 作品集 – 中国 – 当代 Ⅳ. ① I227

中国国家版本馆 CIP 数据核字（2024）第 063631 号

刺桐花集：黄友仁诗词选

作　　者：黄友仁
责任编辑：丁文梅
装帧设计：意匠文化 · 丁奔亮
出版发行：作家出版社有限公司
社　　址：北京农展馆南里 10 号　　　**邮　　编：**100125
电话传真：86-10-65067186（发行中心及邮购部）
86-10-65004079（总编室）
E-mail:zuojia @ zuojia.net.cn
http://www.zuojiachubanshe.com
印　　刷：唐山玺诚印务有限公司
成品尺寸：142 × 210
字　　数：104 千
印　　张：9.5
版　　次：2024 年 5 月第 1 版
印　　次：2024 年 5 月第 1 次印刷
ISBN 978-7-5212-2764-2
定　　价：48.00 元